Die Rose stand im Tau

es waren Perlen grau. Als Sonne sie beschienen, wurden sie zu Rubinen.

Friedrich Rückert (1788 – 1866)

Ein neues Leben nach Not und Angst

Anna Pevlov

Eine Rose stand im Tau

Bibliografische Informationen der Deutschen Nationalbibliothek:
Die Deutsche Nationalbibliothek verzeichnet diese Publikation
in der Deutschen Nationalbibliografie. Detaillierte bibliografische
Daten sind im Internet über dnb.dnb.de abrufbar.

TWENTYSIX
Eine Marke der Books on Demand GmbH

© 2022 Anna Pevlov

Herstellung und Verlag:
BoD - Books on Demand, Norderstedt

ISBN: 978-3-740-78265-8

„Annas Geschichte hat mich im Herzen berührt. Gefühlsvoll gibt sie Einblicke in ihren schwierigsten Zeiten und schafft es einen in den Bann zu ziehen."

Nina Barth
Schriftstellerin & Journalistin

Im Juli 2020. Mein Name ist Anna Pevlov. Mein Mann Paul und ich hatten uns ein Wohnmobil gekauft und unseren Traum erfüllt, auf diese Art zu reisen. Dann kam die Frage: Wo wollen wir unseren wohlverdienten Urlaub verbringen? Wir entschieden uns einvernehmlich für Istrien. Ein Campingplatz direkt am Meer war das Ergebnis unserer Suche. Ein schöner, gepflegter Platz mit Wasser- und Stromanschluss.

Unsere unmittelbaren Nachbarn begrüßten uns sehr herzlich. Dies war sehr angenehm und sie waren uns beim Einrichten behilflich. Gegenseitige Hilfe ist auch bei Campern nicht immer selbstverständlich. Im Gespräch erfuhren wir dann nähere Einzelheiten. Die Nachbarn waren Theresia und Rudi und sie kamen wie wir aus Baden-Württemberg. Der Campingplatz war „erste Klasse!" Die ganze Anlage war sehr gepflegt. Entlang der Einfahrt leuchteten Hortensien in verschiedenen Farben und es duftete betäubend nach Rosmarin. Sehr angenehm war auch die deutschsprachige Begrüßung an der Rezeption. Egal welche Fragen wir hatten, sie wurden immer ausführlich und zufriedenstellend beantwortet. Wegen Corona war es besonders wichtig, auf Abstände zu achten. Die Möglichkeit zur Desinfektion der Hände im Eingangsbereich der Rezeption wurde angenommen und korrekt genutzt.

Ein Schwimmbad mit mehreren Becken war auch auf dem Campingplatz. Ein schönes Restaurant und ein Imbiss luden zum Verweilen ein. Die Möglichkeit, regionales, frisches Obst und Gemüse einzukaufen war mehrfach auf dem Platz vorhanden. Die Sanitäranlagen waren neu und sauber. Auch den Wein aus der Region, von der Sonne verwöhnt, hatten wir entdeckt. Die kroatische Gastfreundschaft ist ansteckend und die Menschen waren in Sommer- und Urlaubslaune. Morgens beim Öffnen des Wohnmobils sahen wir die aufgehende Sonne die sich glitzernd in den sanften Wellen spiegelte. Zum Frühstück gab es auf Bestellung frische Brötchen. Nach einem gemütlichen Frühstück vor dem Wohnmobil und einem nachbarschaftlichen Schwätzle gingen wir schwimmen. Es gab viele Tage an denen wir mindestens zweimal schwimmen gingen. Tessa und Rudi mieteten einen Kleinwagen, um die Halbinsel zu erkunden. Sie fuhren an der Küste entlang nach Pula und weiter bis Medulin. Am Abend berichteten sie uns freudestrahlend von den vielen Eindrücken. Es war ein warmer, sonniger Tag, den sie genossen hatten.

Während sich unsere Männer immer wieder in technische Gespräche vertieften gingen wir Frauen gemütlich zum Kaffeetrinken. Theresia, ich nannte sie Tessa, sie nannte mich Anne, bemerkte meinen Akzent und fragte mich nach meiner Herkunft. Das war das Stichwort für eine lange Geschichte. Und ich -Anne- erzählte: Ich bin 1961 in Kasachstan geboren und lebe seit 1980 mit meiner Familie in Deutschland. Meine Vorfahren waren Deutsche und kamen aus dem Raum Hechingen.

Sie waren vor 300 Jahren aus Deutschland ausgewandert mit dem Versprechen, ein besseres Leben zu haben. Es vergingen Jahre in Kasachstan und die Einwanderer waren mit den Versprechungen nicht zufrieden, denn sie hatten sich nicht erfüllt. Die Familien aus dem Raum Hechingen waren befreundet, sie hielten zusammen und pflegten ihr Deutschtum. So besprachen sie auch miteinander die Möglichkeit, wieder zurückkehren zu wollen in ihre alte Heimat - Deutschland - .Erst waren es einzelne Familien, die eine Rückkehr nach Deutschland beantragten, dann wurden es immer mehr. Auch meine Familie hatte die Ausreise beantragt. Die Wartezeit bis zur Genehmigung war zermürbend. Als meine Familie die Erlaubnis auszureisen bekam, war ich glücklich und traurig zugleich, denn zu dieser Zeit hatte ich einen Freund, den Paul. Wir versprachen uns, aufeinander zu warten, egal wie lange es dauert. Ein großes Versprechen über diese große Distanz. Wir schrieben uns in der langen Zeit der Trennung viele Briefe. Dies war möglich.

Unsere Familie wurde getrennt, denn meine Schwester die verheiratet war bekam erst viel später die Zusage zur Ausreise. Dies war eine große Belastung. Oft waren wir traurig, weil wir nicht wussten, ob es jemals ein Wiedersehen geben wird. Die Familie meines Freundes hatte auch noch keine Ausreisegenehmigung. Die besonderen Gründe für solche Entscheidungen und Wartezeiten waren uns nicht bekannt. Der rege Schriftverkehr zwischen Paul und mir war uns ein Trost.

Es vergingen noch weitere Jahre bis mein Freund mit seiner Familie in Deutschland ankam. Sie brauchten eine geraume Zeit der Eingewöhnung. Sie wussten viel von ihren Vorfahren über Land und Leute. Die Wirklichkeit war dann aber doch neu und gewöhnungsbedürftig. Wir waren zusammen und das war uns wichtig. Nachdem die Familie meines Freundes Paul sich in der neuen Heimat gut eingelebt hatte, haben Paul und ich geheiratet.

Tessas Vorfahren waren auch Deutsche und kamen aus dem Main-Tauber-Kreis in Baden-Württemberg. Wir unterhielten uns über alle möglichen Dinge. Am meisten tauschten wir uns über unsere Vergangenheit und unser Leben aus. Wir hatten viel erlebt was spannend war voneinander zu erfahren. Irgendwann brach es aus mir heraus und ich sagte: „Du musst ein Buch schreiben!" Sie hatte so viel erzählt was mich mitgenommen und gerührt hatte und was mich zu der Idee verleitete, dass sie ihre Geschichte aufschreiben sollte. Tessa schaute mich überrascht an und sagte dann spontan: „Nein, aber schreib doch Du."

Und nun? Jetzt schreibe ich Tessas Lebensgeschichte.

Zuwanderung der Deutschen nach Ungarn

Tessa wurde 1940 als zweites Kind in Ungarn in der Batschka (ungarisch Bácska) geboren. Ihr Bruder Fred war acht Jahre älter. Ihre Eltern waren Michael und Anna. Beide stammten aus kinderreichen Familien. Anna war jüngstes Kind von sieben Geschwistern und Michael war drittes Kind von sechs Geschwistern. Anna beaufsichtigte die Kinder ihrer älteren Geschwister, wenn diese ihrer Arbeit nachgingen. Sie war für Haus und Garten, die Kinder und die Haustiere zuständig. Dies war in jungen Jahren schon eine schwere Aufgabe für sie. Michaels Mutter verstarb bei seiner Geburt. Sein Vater heiratete wieder und Michael bekam weitere drei Geschwister. Welch große seelische Belastung für ein Kind daraus entstand, ist nicht vorstellbar. Für Liebkosungen und Streicheleinheiten war im strengen Tagesablauf wenig Zeit. Die Armut war groß und die Feldarbeit erforderte viel Einsatz.

Die Deutschen blieben unter sich und pflegten ihr Deutschtum. Nachbarschaftshilfe war höchstes Gebot. Sie wurden oft von den Einheimischen gehänselt, wenn sie ihre deutschen Lieder sangen. Ein Lied war besonders spektakulär. „In der Heimat in der Heimat gibt es ein Wiedersehen!" Niemand ahnte, dass diesmal Wahrheit werden sollte. Die Menschen kämpften um ihr tägliches Brot. Sie konnten sich im Taglohn bei Großgrundbesitzern etwas dazu verdienen. Die Alltagsarbeit musste trotzdem bewältigt werden. Die Familien hatten ein kleines Haus mit Garten und verschiedenen Tieren die versorgt werden mussten. Erst die Tiere dann die Kinder. So war es üblich. Die jüngeren Geschwister mussten die Kleidung der älteren Geschwister abtragen. Morgens wurde ganz früh ein großer Topf Kartoffeln gekocht. Nur die Kinder die Schuhe hatten, konnten im Winter zur Schule gehen. Es gab keine Socken. Um Blasen zu vermeiden wurden Lappen um die Füße gewickelt. Die Kinder bekamen zwei heiße Kartoffeln in die Hosentasche für den Schulweg. Daran konnten sie sich die Hände wärmen und dies war dann gleichzeitig ihr Vesper in der Pause. Die Kinder waren immer hungrig. Wenn sie nach ihrem langen Schulweg nachhause kamen gab es dann Brotsuppe oder Gemüsesuppe oder wieder Kartoffeln. Fleisch gab es nur am Sonntag. Die Kleinsten haben am meisten gelitten. Sie konnten sich noch nicht behaupten. Es gab keine Schulpflicht und deshalb waren viele Menschen Analphabeten. Diese Begebenheiten erzählte Tessas Vater noch im hohen Alter. Das Langzeitgedächtnis hat dazu beigetragen. Die deutschstämmigen Menschen trafen sich zu Festlichkeiten und verheirateten sich weitgehend mit Deutschen. Es bestand ein großer Zusammenhalt. Die Verwandtschaft war zum Teil weit verstreut und so waren die nächsten Nachbarn, Deutsche, Rumänen und Jugoslawen die wichtigsten Menschen.

Zur Geschichte Ungarns

Ungarn war 150 Jahre bis 1686 osmanisch besetzt. Von 1686 bis1689 war Krieg und die Osmanen waren besiegt. Danach war Ungarns Landschaft verwüstet und die Bevölkerung reduziert, wenn man das so sagen darf, weil viele Menschen während der Besatzung und des folgenden Krieges ihr Leben verloren hatten. Grundherren warben um Zuwanderer mit Angebot von Grund und Steuerbegünstigung bis zu sechs Jahren. Demzufolge übersiedelten viele Menschen von 1700 bis 1720 aus Bayern, Hessen, Baden und Württemberg nach Ungarn. Auch Tessas Vorfahren wagten diesen Schritt, in der Hoffnung auf ein besseres Leben. In Deutschland war zu dieser Zeit auch große Armut. Der angebotene Grund und Boden war schwer zu bearbeiten. Es war zum Teil Moorgebiet und erforderte große Anstrengung bis wirtschaftlicher Ertrag möglich war.

Tessas Vater Michael, geb.1896 und Tessas Mutter Anna, geb.1902 heirateten 1920. Es wurde zu jener Zeit jung geheiratet. Sie wurden von den Eltern „einander versprochen." Dies ist heute nicht mehr vorstellbar. Ob es Liebe war oder eine Zweckgemeinschaft ist nicht bekannt. Sicher wurde es mit der Zeit Liebe mit Respekt und mit gegenseitiger Verantwortung. Sie kamen beide aus christlichen Familien und waren sehr gläubig. Dies gab ihnen die Kraft für die Gründung ihres eigenen Hausstandes. Michael und Anna arbeiteten im Tagelohn bei Großgrundbesitzern. Arbeitszeit war von Sonnenaufgang bis Sonnenuntergang. Mit ihren Ersparnissen erwarben sie sich ein Grundstück mit Ackerland und Weingarten. Sie bauten sich ein kleines Haus. Das Material für die Wände war Lehm und zerkleinertes Stroh. Diese Masse wurde in viereckige Formen gefüllt und luftgetrocknet. Zu dieser Zeit wurden die Dächer auch mit Stroh gedeckt. Tessas Eltern hatten sich schon die Mittel für Dachziegel angespart.

Nachdem das Haus stand wurde ein Schuppen errichtet, damit die Tiere auch ihre Behausung hatten. Zeitnah wurde ein Zaun um das Grundstück gezogen um den Tieren einen gewissen Auslauf zu ermöglichen. Abgetrennt davon gab es noch den Obst- und Gemüsegarten und die Blumenrabatte. Haus und Garten und auch der Weingarten wurden gehegt und gepflegt. Das war ihr ganzer Stolz. Mutter Anna hatte besondere Freude an Blumen und der Garten war ein Blumenmeer. Deshalb wurden Rosen und Rosmarin ihre liebsten Blumen und Kräuter. Das Grundstück war groß genug um Gemüse aller Sorten anzubauen. Im Hof war ein Ziehbrunnen. Dies war die einzige Wasserversorgung für die Menschen, die Tiere, den Garten, die Wäsche und persönliche Hygiene. Alles war auf diesen Brunnen angewiesen. Mit einem Eimer wurde Wasser aus dem Brunnen geschöpft. Danach wurde der Brunnen immer abgedeckt, um jede Verschmutzung zu vermeiden. Im Sommer spielte sich alles im Freien ab. Im Garten wuchsen auch Melonen, die im Brunnen gekühlt eine besondere Delikatesse waren. Im Sommerhalbjahr war viel Arbeit um für den Winter vorzusorgen. Nachdem die Tiere morgens versorgt waren ging es in den Weingarten oder aufs Feld. Je nach Bedarf musste gejätet oder entlaubt werden. Das Schönste war dann im Herbst der Lohn für die Arbeit, die Obst- und Gemüseernte und die Weinlese.

Das Grundstück war in der Nähe der Bahnlinie zur nächsten Stadt, die 12 Km entfernt war. Ein Fahrweg und eine Allee von Akazienbäumen und im Sommer üppig blühendem Klatschmohn grenzten an das Grundstück. Das Haus hatte zwei Stuben und eine Wohnküche mit einem großen Fenster zum Garten. In der Scheune wurden die Vorräte aufbewahrt. War die Ernte dann eingebracht trafen sich die Nachbarn an Winterabenden abwechselnd in den beheizten Stuben. Die Männer spielten Karten und die Frauen strickten, spannen oder stickten. Tessas Mutter konnte sehr schön sticken. An solchen gemeinsamen Abenden wurden die allgemeinen Begebenheiten des Dorfes besprochen. Der Hausherr war zuständig für Getränke. Sein ganzer Stolz war es, seinen Gästen seinen eigenen Wein zu kredenzen.

Nach zwölfjähriger Ehe wurde 1932 Fred geboren. Ein zarter, kränklicher Junge. Nach der Stillzeit gab es Kuhmilch die er nicht vertrug. Ersatznahrung gab es nicht. Mutter Anna meinte es besonders gut mit ihm und bereitete ihm Milchsuppe mit selbstgemachten Nudeln zu. Selbst, als er schon erwachsen war, erinnerte er sich nur ungern an dieses Essen. Er aß früh mit den Erwachsenen am Tisch und im Laufe der Zeit wurde er kräftiger. Es gab keine Hilfsmittel im Haushalt. Waschmaschine, Spülmaschine und auch sonstige Erleichterungen kannten sie nicht und es wurde alles in Handarbeit gemacht. Die Frauen konnten nähen, kochen und auch selbst Brot backen. Das nächste Lebensmittelgeschäft war in der Nachbarstadt. Deshalb hatten sie weite Wege um einzukaufen. Nach weiteren acht Jahren ist 1940 Tessa geboren. Sie war robust und vertrug, nach Erzählungen von Mutter Anna alles Essen und entwickelte sich gesund. Bruder Fred liebte seine kleine Schwester und betreute sie, wenn die Eltern bei der Feldarbeit waren. Ein kleiner schwarzer Mischlingshund, er hieß Moritz, war ihr Spielkamerad. Die Familie hatte ihr bescheidenes Auskommen. Sie waren Selbstversorger und waren glücklich und zufrieden.

Kriegszeit

1945 kam vom Gemeindeamt ein vorläufiger Bescheid der Ausweisung der Deutschen aus Ungarn. Keine verbindliche Information. Die Menschen waren geschockt. Tessas Eltern bekamen, obwohl die Räumlichkeiten beengt waren, Flüchtlinge zugewiesen. Eine junge Frau. Ihr Mann war im Kriegsgeschehen ums Leben gekommen. Sie wurde mit ihren zwei kleinen Mädchen aus ihrer Heimat vertrieben. Dieser Familienzuwachs war eine große Belastung auf engem Raum. Dann passierte auch noch ein Malheur. Die junge Frau kochte auf dem Herd Suppe. Der Topf schwappte über und verbrühte Tessa, die gerade in der Nähe stand, am linken Oberschenkel. Großes Geschrei. Um den Schmerz zu lindern wurde zuckerfreier Quittensaft, ein altes Hausmittel, aufgetragen. Die Narbe ist noch heute zu sehen.

Die Menschen waren verunsichert, denn wieder kamen Gerüchte auf. Sorge und Panik machten die Runde.

„Es wird Vertreibungen der Deutschen geben!" „Sie werden enteignet!"

„Warum, fragten die Deutschen?" „Wir haben doch nichts getan!"

„Natürlich nicht, aber ihr seid Deutsche!!" (Konkurrenz für Einheimische?)

Junge Männer und auch junge Frauen, sie standen zum Teil kurz vor der Heirat, wurden als Erntehelfer für voraussichtlich zwei Wochen, nach Russland geschickt und kamen schwer krank oder gar nicht mehr zurück. Viele sind leider dort verstorben. Dies löste viel Schmerz aus. Die besten Nachbarn waren plötzlich zurückhaltend, abweisend, geradezu verfeindet in ihrem Leid. Es gab kein Miteinander mehr.

Die Vertreibung der Deutschen begann im Januar 1946 in die amerikanische Zone Deutschlands in die Länder Nordbaden, Nordwürttemberg, Hessen und Bayern.

Im März 1946 wurde der offizielle, amtliche Beschluss der ungarischen Regierung bekannt gegeben. Der lautete: Die Deutschen werden des Landes verwiesen. In den Geschichtsbüchern steht: Großbritannien und die USA waren gegen die Ausweisung der Deutschen, nachdem sie sich Jahrhunderte gut integriert hatten. Russland stimmte für die Ausweisung. Obwohl Tessas Vater Michael im Krieg 1914 – 1918 als Soldat für Ungarn gedient hatte, war dies keine Option für ein Bleiberecht für ihn und seine Familie in Ungarn -seiner Heimat-.

Kurzfristig kam dann der Bescheid, dass die Deutschen innerhalb von achtundvierzig Stunden reisefertig sein müssen. Pro Person waren 50 Kg Gepäck erlaubt. Tessas Eltern waren total überfordert. Sie fielen einander weinend um den Hals und fragten: „Wie soll es weitergehen?" Die Kinder sahen ihre Eltern erschrocken an und fragten auch nach dem „Warum?" Darauf wusste niemand eine Antwort. Es war große Aufregung. Es musste gepackt werden und sie überlegten, was sie von ihrem bescheidenen Hab und Gut noch Freunden, die Bleiberecht hatten, überlassen könnten. Das Bleiberecht war durch Mischehen akzeptiert. Sie hatten weder Koffer noch Rucksäcke. In Leintücher wurden Kleider, Lebensmittel und wichtige Unterlagen verstaut und über Viereck verknotet. Das war das Bündel das getragen werden musste. Am achtzehnten März 1946 verließen Tessas Eltern mit ihren Kindern Haus und Hof. Mit ihnen gingen auch die junge Frau und ihre beiden Mädchen. Sie hatten auch keine andere Bleibe. Es war eisig kalt und sie mussten zum angegebenen Sammelplatz am Bahnhof. Sie hatten mehrere Kleidungsstücke übereinander an. Tessa war wie ein kleines Kleiderbündel. Auch Bruder Fred war gut eingepackt in einen warmen Mantel und darüber noch einer dicken Jacke vom Vater.

Alles musste zurückbleiben. Das Haus, das Land, die Tiere und Moritz der kleine schwarze Mischlingshund. Er war der Spielkamerad der Kinder und wie ein Familienmitglied. Moritz wurde an die Kette gelegt bevor die Eltern den Hofraum verließen. Er jaulte und bellte fürchterlich und zerrte an der Kette. Tessa war untröstlich und weinte und jammerte. Jedoch es nützte alles nichts. Und, was ist aus Moritz geworden? Erschossen oder verhungert? Noch heute bekommt Tessa das Wimmern und Gejaule nicht aus ihrem Kopf. Das Pferd im Stall wieherte und stampfte gegen das Gatter, was noch weithin zu hören war. Selbst die Tauben auf dem Dach flatterten aufgeregt durcheinander. Es war eine sehr angespannte Atmosphäre.

Am Sammelplatz beim Bahnhof war ein aufgeregtes Durcheinander. Die Menschen waren verzweifelt und weinten. Männer versuchten, ihre Frauen und Kinder zu trösten. Die Standard-Viehwaggons standen bereit und die Menschen wurden verladen. Die berüchtigten Waggons. Darauf standen Sprüche: „Wenn Gott mit uns, wer gegen uns!" oder „Mit Gottes Hilfe fahren wir!" Dies lasen die verzweifelten Menschen erst später. Es waren bis zu dreißig Personen in einem Viehwaggon. Jede Familie richtete sich so gut es ging einen Platz mit ihrem Bündel ein. Die offene Waggontüre war mit Leitern quer gesichert. Der Zug fuhr ab und keiner wusste wohin. Durch die offene Waggontür blies der eiskalte Fahrtwind. Der Zug fuhr durch Felder und Städtchen, durch Wälder und Dörfer. Er blieb stehen und fuhr wieder weiter und es wurde Nacht und die Menschen schliefen vor Müdigkeit trotz eisiger Kälte ein. Wieviel Menschen auf dieser Reise starben oder schwer erkrankten wurde nie bekannt. Die Menschen hatten Bedürfnisse. In der Enge war das ein großes Problem und somit wurde die Notdurft auch im Waggon verrichtet. Trotz offener Waggontür stank es entsetzlich.

Wenn der Zug mal wieder hielt, sprangen Männer ab und bauten kleine Kochgelegenheiten mit zwei Backsteinen. Frauen stellten einen Topf darauf und versuchten Suppe zu kochen. Tessas Mutter versuchte es auch. Der Zug fuhr an und ihr half niemand, wieder aufzusteigen. Vater Michael und Bruder Fred waren nicht vor Ort. Sie waren in einem anderen Waggon. Die kleine Tessa, gerade mal fünf Jahre alt, stand schreiend in der Öffnung des Waggons und hörte die Hilferufe ihrer Mutter, die neben dem Zug herlief. Tessas Schreie gingen im allgemeinen Lärm unter. Niemand hatte sie getröstet, denn alle waren mit sich selbst beschäftigt. Tessa hat heute noch Probleme in der Nähe eines Bahnhofs. Der Zug fuhr, hielt an, er fuhr, hielt an. Und plötzlich war Tessas Mutter wieder da.

Sie war zu Fuß auf den Bahngleisen entlanggelaufen bis sie zu einem Bahnwärterhaus kam. Inzwischen hatte sie Blasen an den Füssen, die bluteten. Der Bahnwärter versorgte sie notdürftig. Er hatte ein Motorrad und ist so lange dem Zug nachgefahren bis er wieder anhielt. So war Tessas Mutter wieder bei ihrer Familie. Die Freude war groß und Tessa wich ihrer Mutter nicht mehr vom Rockzipfel. Vater Michael war erschüttert und ihm wurde bewusst, dass er besser auf seine Familie hätte aufpassen müssen.

Lager Nr. eins war Piding und erste Entlausung. Lager Nr. zwei war Neu-Ulm und zweite Entlausung. Dabei war jeweils eine Untersuchung und Erstversorgung mit Lebensmitteln. Die Menschen hatten schon tagelang keine warme Mahlzeit.

Lager Nr. Drei war eine Stadt in Baden-Württemberg.

Dieses Lager war die Ausgangsposition für die Verteilung der Flüchtlinge auf umliegende Ortschaften. So wurden die Menschen genannt, obwohl sie Vertriebene waren. Gegenüber den Baracken war eine große Blumengärtnerei. Tessas Vater nahm sie immer wieder an die Hand und ging mit ihr in der Gärtnerei spazieren. Dies war erlaubt. Für Tessas Vater waren die Blumen eine Erinnerung an sein schönes Zuhause. Rosen in allen Farben und Sorten erfreuten sein Herz. Der heimische Garten war von Frühling bis in den Herbst ein Blumenmeer. Tessa sah immer wieder zu ihrem Papa auf und sah, dass er still weinte.

Nach geraumer Zeit wurden Tessas Eltern mit einem Transportfahrzeug und ihrem Gepäck vor dem Rathaus einer Nachbargemeinde abgesetzt. Sie bekamen ein Zimmer zugeteilt. Es befand sich im Dachgeschoss eines Reihenhauses. Man kann sich denken, dass es für die Hauseigentümer auch nicht die reine Freude war plötzlich fremde Menschen ins Haus zu bekommen. Ihre Existenzangst war hautnah zu spüren. Verständlich, dass deshalb keine zwischenmenschlichen Verbindungen entstehen konnten. Sie hungerten alle. Eines Tages kam eine junge Frau aus der Nachbarschaft und brachte Eier und Gemüse. Es war genug, dass sich die Familie satt essen konnte. Die junge Frau hieß Julie. Sie erkundigte sich wie es der Familie gehe und bot Tessas Eltern auch an, auf ihren Hof zu kommen um bei der Arbeit mitzuhelfen. Später erfuhren die Eltern, dass Julies Familie sehr gläubig war. Dieses Angebot war ein ganz besonderer Liebesdienst. Nach geraumer Zeit wurden sie nicht mehr Flüchtlinge genannt, sondern Neubürger. Diese Menschen trugen mit ihrem unermesslichen Fleiß zum Wiederaufbau Deutschlands bei.

Es waren mehrere Monate vergangen und sie hatten noch kein anderes Wohnungsangebot von der Gemeinde bekommen. Tessas Mutter nahm ihren ganzen Mut zusammen und sprach im Rathaus vor. Sie bat inständig um die Zuweisung einer größeren Wohnung. Sie trug immer ein Kopftuch. Sie wunderte sich, dass sie sehr beäugt wurde. "Die Kopftuchfrauen" waren einzelne Bemerkungen zu hören. Das Kopftuch war der Einfluss der osmanischen Besetzung Ungarns. Neun Monate hatten Tessas Eltern mit den Kindern in diesem Zimmer gewohnt. Die Kochgelegenheit war ein kleiner Herd der auch zum Heizen diente. Er musste mit Holz befeuert werden. Im Winter ist das Wasser, das im Erdgeschoß des Hauses gezapft werden musste, im Wasserkrug eingefroren. Bevor Tessa im September 1946 eingeschult wurde ging sie noch ein paar Monate in den Kindergarten. Damals hieß es Kenderschüle, (schwäbisch). Die Kindergärtnerin hieß Schwester Ottilie und trug eine weiße

Haube. Sie war eine liebenswerte, fürsorgliche Frau. An ein Mädchen das Irma hieß, kann sich Tessa noch besonders erinnern. Sie war ein Bauernkind und hatte immer ein dickes Vesperbrot dabei. Aber abgegeben hat sie davon nichts. Wie oft hat Tessa leer geschluckt.

Einschulung

Die Nachbarskinder hatten kleine Taschen oder Schulranzen. Tessa hatte für diesen Tag ein Blatt Papier und einen Bleistift von zuhause mitbekommen. Die Schule war am anderen Ende des Dorfes. Es gab Schulspeisung die in einem Blechgeschirr empfangen werden konnte. Ab und zu bekamen die Kinder auch Schokolade. Etwas ganz Besonderes war die Hooverspeisung von amerikanischen Soldaten. Es war 1 Brötchen mit Pferdefleisch, Rosinen und Kakao. Sehr sättigend war auch Grießbrei.

Der eigene Beitrag der Familie die Hungersnot zu lindern war, Ähren lesen und Buchecker sammeln. Aus den Bucheckern wurde Öl gepresst. Die Arbeit bei den Bauern wurde mit Naturalien entlohnt. Wenn Tessas Mutter bei den Bauern arbeitete war Tessa dabei. Nach der Arbeit gab es Vesper. Besonders gut war das Bauernbrot mit Leberwurst und für die Älteren gab es dazu Most mit Sprudel. Tessas Eltern und die Kinder waren dankbar für jede Scheibe Brot, für jedes Ei und manchmal gab es auch ein Stück Fleisch oder Wurst.

Veränderung durch neue Wohnräume

Die Anfrage beim Gemeindeamt hatte Erfolg. Tessas Eltern bekamen zwei Räume zugeteilt. Ein Zimmer und eine Küche bei einer Bauernfamilie im Ort. Vater Michael bekam Arbeit beim „Abbruch". Das waren durch den Krieg zerstörte Häuser. Später bekam er eine Stelle als Hilfsarbeiter in einer Fabrik. Er war sehr dankbar, denn einen Beruf hatte er nie erlernt. Er war Landwirt. Er war ein stattlicher Mann im besten Alter und konnte zupacken. Mutter Anna spann Wolle bei einer Familie die Schafe hatte. Lohn für die Arbeit war Wolle. Daraus strickte sie Socken. Was nicht selbst gebraucht wurde konnte sie verkaufen. In Erinnerung an diese Zeit hört Tessa heute noch die Stricknadeln klappern. Mit diesem Klappern ist Tessa oft eingeschlafen.

Es gab Lebensmittelmarken. Anstehen in der Schlange vor dem Lebensmittelgeschäft musste Bruder Fred. Er hatte für den Transport einen Rucksack dabei. Es war immer eine große Freude, wenn er etwas zu Essen mitbrachte. Man wusste nie im Voraus was gerade verteilt wurde, aber es war alles willkommen. Der Hunger war groß und auch die Enttäuschung, wenn er mit leeren Händen bzw. mit leerem Rucksack heimkam. Die Bauernfamilie hatte ein großes Grundstück und erlaubte Tessas Eltern Hasen zu halten. Ab dieser Zeit ging es der Familie besser. Wenn wieder mal ein Hase geschlachtet werden konnte, war dies ein besonderes Ereignis. Mutter

Anna wollte nicht mehr selbst schlachten. In der Nachbarschaft war ein älterer Bauer der ihr auf ihr Bitten, diese Arbeit abgenommen hatte. Dieser Bauer erzählte, dass im Nachbarort für das „Siechenhaus" auch Hunde und andere Tiere geschlachtet wurden. Dazu fiel ihm eine wahre Geschichte ein. Sein Freund Dolle hatte Großeltern mit einem Bauernhof. Sie hatten einen Hund der Flickle hieß, weil er ausgesehen hat wie ein Flickenteppich. Flickle war ein liebes Tierchen, das alle mochten. Ob im Hof, im Haus oder im Stall. Er war überall dabei.

Dolle´s Familie war kinderreich und sie durften jeden Sonntag zu den Großeltern zum Mittagessen kommen. Es gab immer Gulasch, Spätzle und Salat. Die Kinder fragten immer nach Flickle: Wo ist heute unser Flickle? Der Opa gab zunächst keine Antwort. Er wartete bis die Kinder gegessen hatten. Bei weiteren Nachfragen schaute er traurig und er sagte: „Flickle gibt es nicht mehr und noch leiser sagte er, Flickle wurde gestern von einem Lastwagen überfahren und weil gestern Schlachttag war, wurde gleich das Fell abgezogen und den Rest habt ihr heute zu Mittag gegessen!" Plötzlich wurde es ganz still. Das war die Zeit der großen Hungersnot in Deutschland. Wie bekannt, werden auch heute noch in manchen Ländern Hunde verzehrt.

Währungsreform

1948 war Währungsreform. Bruder Fred bekam nach der Schule einen Ausbildungsplatz als Automechaniker. In Ungarn ging er ins Gymnasium. In Deutschland hat er einen Hauptschulabschluss gemacht. Seine Zeugnisse aus Ungarn wurden nicht anerkannt und das Schulgeld fürs Gymnasium war sowieso nicht vorhanden.

Die Bauernfamilie hatte einen großen Gemüsegarten und regelmäßig bekam Mutter Anna Gemüse und Kräuter von der Bauersfrau. Obwohl Tessas Eltern über wenig Mittel verfügten, konnten sie mit ersparten 1000,00 DM einen Bauplatz mit vier Ar erwerben. Dieses Geld hatten sie sich sozusagen vom Mund abgespart. Bauwillige wurden im Rathaus zu einer Besprechung eingeladen. Sie wurden gefragt, wie sie ihr Bauvorhaben finanzieren wollen. Einheimische hatten entweder selbst Grund und Boden oder einen Bausparvertrag. Als die Frage an Tessas Vater gerichtet wurde, antwortete er: Mit Gott und guten Freunden. Das sorgte natürlich für Gelächter. Aber das hat ihn damals nicht beeindruckt. Vom Staat bekamen Tessas Eltern den sogenannten Lastenausgleich entsprechend ihrem kleinen Anwesen das sie in Ungarn zurücklassen mussten. Damit und mit viel Eigenleistung bauten sie ein Haus mit zwei Wohnungen.

Baumaterial waren Backsteine vom Abbruch der zerstörten Häuser. An den Steinen war noch weitgehend Mörtel. Mutter Anna und Tessas Bruder Fred klopften den

Mörtel von den Steinen. Diese Steine wurden dann für den Hausbau verwendet. Die Fertigstellung des Hauses hatte Eile, denn ihre Vermieter erwarteten die Heimkehr ihres Sohnes aus der Gefangenschaft. Sie brauchten dringend ihren Wohnraum. Obwohl Tessas Mutter und Fred bei der Arbeit Handschuhe trugen, waren ihre Hände wund und mussten abends gepflegt werden für den Einsatz am nächsten Tag.

Im Oktober 1950 war Einzug ins eigene Haus. Es war noch viel zu tun. Wichtig war ein eigenes Dach über dem Kopf. Es fehlte an Einrichtung. Einheimische Nachbarn bekamen Kenntnis von dem Problem und boten ihre Hilfe an. Schränke und Bettgestelle, Tische, Stühle, Vorhänge und Bettwäsche waren zur Abholung bereitgestellt und zum Teil auch gebracht. Sogar eine alte Singer Nähmaschine war dabei. Für Tessas Mutter eine besondere Freude, denn sie nähte gern und konnte auch aus gebrauchten Kleidungsstücken nützliche Sachen herstellen. Nun war wohnen im neuen Heim möglich. Tessa und Bruder Fred hatten jeweils ein eigenes Zimmer und waren darüber sehr glücklich. Zwei Zimmer mit Küche wurden vermietet. So kam ein kleiner Zuschuss in die Haushaltskasse, denn das Darlehen musste getilgt werden.

Die Schule

Tessa ging in die Volksschule und hatte da auch ihre Freundinnen. Oft wurde sie gehänselt wegen ihres ungarischen Dialekts. Doch sie behauptete sich. Nach der ersten handfesten Rauferei mit einem Jungen, den sie auf den Boden drückte, weil er sie gehänselt hatte, war das Eis gebrochen und sie war in der Klasse anerkannt. Die Straße war zur damaligen Zeit ein Paradies für Kinder. Vom Gemeindebrunnen bis zum Ortsausgang war es eine Spielstraße. Sie konnten sich ungestört austoben. Spielkameraden gab es genug. Helga, Heinz, Erika, Hilde usw. waren täglich dabei. Alles spielte sich im Freien ab. Mädchen konnten Ballspielen, Seilspringen und vieles mehr. Jungs spielten Fußball und Verstecken abends beim Milchhäusle war Freude pur. Manchmal fuhren sie auch zu zweit auf einem alten Fahrrad bis der Dorfpolizist in Sicht war. Dann gab es eine strenge Belehrung.

Im Winter war Schlittenfahren angesagt. Mehrere Schlitten wurden gekoppelt und mit Schwung ging es dann den Berg hinab und unten zum Keltertor. Übermut pur. Autos waren noch keine Gefahr. Und immer war Tessas beste Freundin Helga mit dabei. Eine Hausaufgabe im Frühling war, die Gänseblümchen beobachten. Tägliches Wachstum mit Wetterbericht. Das war jeden Tag eine unliebsame Arbeit. Sträflich war, wenn man mehrere Tage im Voraus aufschrieb. Ein Zeichen, dass man es nicht so wichtig nahm und es gab einen Verweis vom Lehrer.

Besonders gern machten Tessa und ihre Kumpel auch Bachhüpfen. Ein kleines Rinnsal war das Objekt der Freude. Es war Abwasser von den umliegenden Häusern und stank entsetzlich. Das Spiel hieß: Rieber ond nieber ond nemme zrick! So weit so gut. Aber, das rieber ond nieber klappte nicht jedes Mal. Wenn der Sprung etwas zu kurz geraten war gab es ein Problem. Vor allem wenn dies sonntags passierte und man weiße Kniestrümpfe anhatte. Dies ist Tessa nur einmal passiert. Es hieß „gestrampft," wenn man daneben getreten war. Dann gingen sie zu Helgas Oma Marie und durften dort die Strümpfe auswaschen. Dies war nicht die beste Lösung. Der Bachgeruch war nicht zu entfernen und trocken wurden die Strümpfe auch nicht bis es Zeit war nachhause zu gehen. Eine Standpauke war gewiss. Tessa musste ihrer Mutter dann versprechen, dies nicht mehr zu machen. Sie versprach es unter Tränen, aber bestraft wurde sie deshalb nicht.

In der Schule waren überwiegend Lehrer, bis auf eine Lehrerin. Für die Mädchen war dies besonders schön, denn mit ihr hatten sie eine wichtige Vertrauensperson. Ganz beliebt war das Fach Naturkunde. Die junge Lehrerin machte mit ihren Schülern kleine Ausflüge in die nächste Umgebung und erklärte ihnen die einzelnen Pflanzen. Die Schüler waren begeisterte Zuhörer. Leider ging diese Lehrerin nach der vierten Klasse weg. Sie heiratete und zog in einen anderen Landkreis. Es waren immer zwei Klassen in einem Schulraum aber katholischer und evangelischer Unterricht wurden separat unterrichtet. Viele Jahre später wurde daraus der so genannte religions-ethische Unterricht. Besonders beliebt war in der Sportstunde Völkerball. Die Gruppen durften gegenseitig ausgewählt werden. Helga wurde immer ausgewählt, denn sie war eine gute Sportlerin. Die Lehrer waren aus dem Krieg zurückgekommen und hatten mit den Jungs einen flotteren Umgang als mit den Mädchen. Allerdings auch einen raueren. Es gab zu jener Zeit auch noch Schläge. Die Jungs bekamen Hosenspanne und die Mädchen Tatzen.

Freundinnen

Als sich Tessa im neuen Haus gut eingelebt hatte fand sie auch eine weitere Freundin in der unmittelbaren Nachbarschaft. Die Alina. Sie war ein ganz besonderes Mädchen und schon mit dreizehn Jahren musisch sehr begabt. Alina war eineinhalb Jahre älter als Tessa und sie bewunderte sie sehr. Alina las gern und erzählte Tessa was sie gelesen hatte und Tessa war eine gute Zuhörerin. Alinas Eltern hatten ein Lebensmittelgeschäft mitten im Ort, direkt am Dorfbrunnen. Alina sollte Mittagessen zubereiten, denn die Eltern kamen zum Essen. Lieber tanzte sie als zu kochen und vergaß alles um sich herum. Als die Eltern nachhause kamen war nicht immer Zufriedenheit angesagt, wenn das Essen noch nicht auf dem Tisch stand. Als Alina nach bestandenem Abschluss der Handelsschule wegzog und heiratete hatte sie lange Zeit keinen Kontakt zu Tessa. Die Verkehrsverbindungen waren noch nicht geeignet, um spontane Treffen zu ermöglichen. Aber, wie es das Schicksal so will trafen sie sich 1992 wieder und es war wie am ersten Tag. Alina malt fantastische Bilder und macht handwerklich die tollsten Gebilde. Alles, was sie in die Hand nimmt wird ein Kunstwerk. Die Freundschaft mit Alina hält schon ein Leben lang, bis heute.

Ausbildung und Beruf

Nach der Volksschule wollte Tessas Patentante Magdalena für Tessa einen Arbeitsplatz in einer Fabrik zum Geldverdienen besorgen. Bruder Fred konnte die Eltern aber davon überzeugen, Tessa in einer Handelsschule anzumelden. Tessa bestand die Aufnahmeprüfung bei einer Privaten Handelsschule in der Kreisstadt. Das Schulgeld kostete 55,00 DM im Monat und dies war für Tessas Eltern sehr viel Geld und konnte nur bezahlt werden, weil Bruder Fred schon mit seiner Ausbildung fertig war und sie unterstützte.

Fred hatte sich gut eingelebt. Er hatte Interesse am Fußball und dadurch gleich Freunde gewonnen. Er wurde auch Mitglied beim Musikverein und später dann bei der Stadtkapelle in der Kreisstadt. Er gründete mit Freunden eine Fünf- Mann-Kapelle. Musikalisch war er sehr begabt und spielte mehrere Blasinstrumente. Diese Begabung hatte er wohl von Vater Michael mitbekommen, der in Ungarn auch in einer kleinen Musikkapelle Trompete gespielt hatte.

Nach eineinhalb Jahren Handelsschule bestand Tessa die Prüfung mit guter Benotung. Bereits ihre erste Bewerbung war erfolgreich. In Stuttgart fand sie eine Anstellung als Kontoristin und im Oktober 1955 war Arbeitsbeginn. Um zur Arbeit zu kommen musste Tessa zu Fuß zur Bahnstation gehen. Vom Hauptbahnhof Stuttgart, bis zur Arbeitsstelle auf dem Marienplatz ebenfalls. Unterwegs sollte sie gleich die Post vom Postamt mitbringen. Ihr Monatsgehalt waren anfänglich 170,00 DM und nach Einarbeitungszeit dann 190,00 DM. Es gefiel ihr in der Firma und mit den Kollegen sehr gut und sie fand es schön, eigenes Geld zu verdienen. Ihren Verdienst musste Tessa zuhause abgeben, bekam aber im Gegenzug ein Taschengeld und das Fahrgeld zur Arbeit.

Sie bekam auch, und darüber war sie sehr glücklich, das Geld für die Tanzstunde. Sie entdeckte ihre Leidenschaft fürs Tanzen. Es war Flucht aus dem Alltag. Lauter junge Menschen in ihrem Alter und eine Befreiung von jedem Zwang. Ihr netter Tanzpartner war ein weiterer Grund ihrer Freude. Mit ihm machte sie dann auch den Abschlussball. Es wurde anschließend ein Tanzkurs für Fortgeschrittene angeboten, aber dafür gaben ihr die Eltern das Geld leider nicht. Tessa war dann auch so zufrieden, denn Bescheidenheit und Verzicht hatte sie in ihrem bisherigen Leben gelernt. 1956 bewarb sich Tessa auf ein Inserat einer Handelsvertretung. Die Stelle sagte ihr zu weil sie näher an ihrem Wohnort war und sie sich finanziell verbessern konnte. Sie bekam 220,00 DM Anfangsgehalt und nach Einarbeitung 240,00 DM.

Erste Liebe

Es gibt Freundinnen, gute Freundinnen und beste Freundinnen. Tessa hatte eine beste Freundin und hat sie heute noch mit achtzig Jahren, ihre Helga. Sie gingen miteinander in die Volksschule und in die Handelsschule und lernten gern miteinander. Sie waren ein tolles Team und machten auch gemeinsam die Tanzstunde. Besonderen Spaß hatten sie, wenn sie sich gleich kleideten. Hellblaue Röcke und weiße Blusen.

Bei einer Familienfeier lernte Tessa Thomas kennen. Die Verwandtschaft von Thomas waren Nachbarn von Tessas Eltern und ehrenwerte Menschen. Tessa war jung und unerfahren. Thomas war fünf Jahre älter und charmant. Er hatte keinen besten Freund und konnte nicht verstehen, dass Tessa mit ihrer Freundin so eng verbunden war. Thomas war Bauhandwerker, gelernter Zimmermann. Nach näherem Kennenlernen wurde er Tessas erste Liebe. Thomas verdiente gut und hat Tessa erst mal eingekleidet. Kostüm, Schuhe, passende Handtasche. Sie fand das toll so verwöhnt zu werden. Thomas beteuerte, dass es ihm große Freude mache, sie glücklich zu sehen.

1958 verlobte sich Tessa mit Thomas. Freundin Helga feierte gleichzeitig. Helga arbeitete bei einer Bank und hatte da ihren Freund und späteren Mann kennengelernt. Tessa, Helga und ihre Freunde machten gemeinsame Ausflüge und Wanderungen. Es war eine schöne, harmonische Zeit. Bei einer dieser Wanderungen kehrten sie in einer Weinkelter ein. Es war eine allgemein, lustige Stimmung. Nur Thomas war sichtlich schlecht gelaunt. Ihm passte was nicht, hat sich darüber aber lange nicht geäußert, bis er dann zu Tessa sagte, sie solle mit ihm nach draußen kommen. Tessa war erstaunt und gespannt, was er ihr sagen wollte. Sie gingen ein Stück weit vom Festplatz weg wo sie unbeobachtet waren. Es war schon halbdunkel und plötzlich gab Thomas Tessa zwei Ohrfeigen. Tessa war entsetzt. Sie sagte: „Sag mal spinnst Du?" Thomas war grundlos eifersüchtig. Tessa war eben ein aufgeschlossenes, fröhliches Mädchen und konnte nichts dafür, wenn andere Männer sie anschauten. Dies war ihm wohl ein Dorn im Auge. Da hätte Tessa zum ersten Mal „STOPP" sagen müssen. Sie gingen zurück zu ihren Freunden. Thomas hatte seinen Frust abreagiert und verhielt sich, als sei nichts geschehen. Später begründete er seinen „Ausrutscher" damit, dass er Tessa sehr liebe und nicht ertrage, wenn andere Männer sie anstarrten. Sie trafen sich weiterhin an den Wochenenden, hatten sich versöhnt und schwärmten von einer gemeinsamen Zukunft in seiner Heimatstadt. Es blieb beim Schwärmen und planen, denn es kam alles ganz anders. Während sie beide planten fand das wirkliche Leben statt.

Heirat – Probleme tauchen auf

Weitere Anzeichen von Missstimmung. Thomas war bei Tessas Eltern zum Essen eingeladen. Offensichtlich hat ihm das Essen nicht geschmeckt, denn er stand plötzlich auf und hat den Mittagstisch, zum großen Unverständnis von Tessas Eltern, verlassen. Tessas Eltern waren zunächst sprachlos. Der Appetit war ihnen vergangen und sie wollten Thomas an diesem Tag nicht mehr sehen. Es war nun Tessas Aufgabe, die Wogen zu glätten. Die getrübte Stimmung konnte nicht lange aufrechterhalten bleiben, denn Tessa wurde schwanger. Thomas sagte immer: Ich weiß alles! Gemeint war Verhütung. Tessa war unerfahren und vertraute Thomas, ihrem ersten Freund. Eine Aufklärung für die Kinder gab es im Allgemeinen nicht, weder im Elternhaus noch in der Schule. Thomas reagierte entspannt indem er sagte: „Ok, wir heiraten!"

Die Eheschließung war für Januar 1959 geplant. Volljährigkeit war erst mit einundzwanzig Jahren und Tessas Eltern hatten sich lange beraten, wie sie sich verhalten sollten. Nach dem Vorfall beim Mittagessen hatten sie so ihre Bedenken. Jedoch die Schwangerschaft von Tessa war dann Anlass ihrer Zustimmung. Damals war ein lediges Kind eine Schande. Die Frage war, was wohl das kleinere Übel wäre. Tessas Eltern unterschrieben die Einwilligung zur Heirat. Ohne ihre Einwilligung wäre die Eheschließung nicht möglich gewesen. Erst war standesamtliche Trauung. Tessas

Mutter ließ bei einer Schneiderin ein dunkelblaues Samtkleid für Tessa schneidern. Die Stimmung hatte sich anlässlich der Vorfreude auf die Hochzeit gebessert. Sie war schon fast als harmonisch zu bezeichnen, denn die Vorbereitungen erlaubten keine schlechte Laune.

Zur kirchlichen Trauung hatte Tessa ein schönes Brautkleid. Thomas, er war sehr eitel, war auch topp gekleidet. Alles schien gut geplant und gelungen. Es war eine kleine Hochzeitsgesellschaft. Das Besondere war, dass die Kapelle von Bruder Fred musikalisch den Abend gestaltete. Ein rundum schönes Fest mit fröhlichen Menschen. Während der Feier kam Spannung auf, als ein Arbeitskollege von Thomas mit Tessa tanzte und er sie in seiner guten Laune wohl zu eng umarmte. Tessa war dies nicht aufgefallen aber wie es schien, Thomas umso mehr. Sie hatte auch nicht bemerkt, dass er sie kritisch beobachtete. In der gleichen Nacht gab es leider noch ein Eifersuchtsdrama.

Im selben Jahr heiratete auch Tessas Bruder Fred. Er wohnte mit seiner Frau und später mit drei Kindern auch im Elternhaus. Tessa und Thomas hatten bei den Eltern ein Zimmer in deren Wohnung. Tessas Mutter kochte für alle. Dies war angenehm und schön zugleich und so hatte Tessa diesbezüglich keine Verpflichtung. Es war sehr beengt und deshalb erlaubte ihnen Vater Michael, im Untergeschoss zwei Räume auszubauen und schuf damit die Möglichkeit, dass Tessa mit ihrem Mann einen eigenen Hausstand gründen konnte. Es war große Wohnungsnot und so war dies ein echter Glücksfall. Ein WC war nur in der Wohnung der Eltern.

Erstmal war Tessa gefordert selbst zu kochen, was ihr wohl nicht so gut gelungen war. Die Mutter von Thomas war eine perfekte und geschätzte Hausfrau. Da wurde gekocht und gebacken vom Feinsten und er war sehr verwöhnt. Dazu fällt Tessa ein Buchtitel ein: Maria, ihm schmeckt´s nicht!

Eine gute Haushaltsführung war in der Zeit der Verliebtheit irgendwo in weiter Ferne. Thomas hatte die erste Suppe, die ihm seine Frau kochte, wohl auch nicht geschmeckt und er gab ihr dafür eine Ohrfeige. Sie war so überrascht, dass sie umfiel, und das in ihrem schwangeren Zustand. Da hätte sie ein weiteres Mal „STOPP" sagen müssen. Tessa hatte von ihren Eltern nie Schläge bekommen. Sie wurde in Liebe und Würde erzogen und kannte solche furchtbaren Handlungen nicht. Allerdings: Nein sagen hatte sie auch nicht gelernt. Thomas arbeitete auf dem Bau und sprach gut dem Alkohol zu. Dies war ein schlechter Start in die Zukunft.

Die junge Familie

Im Juli 1959 ist Sohn Peter geboren. Er war ein zartes, empfindsames Kind, dass viel Zuwendung brauchte und Tessa musste ihre Arbeit bei der Handelsvertretung aufgeben. Sie hatte eine Brustentzündung die längere Zeit in Anspruch nahm. Da sie Alleinkraft war hatte ihr Arbeitgeber sie von der Arbeit mit bestem Zeugnis freigestellt und bedauerte sehr, dass sie ausscheiden musste. Es gab nach der Geburt eines Kindes nur zwölf Wochen Mutterschaftsurlaub.

Im Mai 1961 ist Tochter Sabine geboren. Da Tessa mit Familie noch bei den Eltern im Haus wohnte, konnte sie eine Aushilfsstelle als Bedienung in einer Gaststätte an ihrem Wohnort annehmen. Die Kinder wurden von Tessas Mutter gut versorgt. Diese Anstellung war Schule fürs Leben. Die Chefin war eine patente Frau mit guter Menschenkenntnis. Sie mochte Tessa und hat sie wegen ihrem freundlichen Wesen und ihrer Hilfsbereitschaft gut entlohnt. Ältere Herren am Stammtisch machten sich einen Spaß daraus, Tessas Schürzenschlaufe zu öffnen und dabei, ganz beiläufig, ihr Hinterteil zu berühren. Darüber ärgerte sich Tessa und sagte es ihrer Chefin, die es dem jeweiligen Gast mit einem einzigen Satz untersagte. Dann war Ruhe. Die Chefin hielt ihre schützende Hand über ihre „Mädchen" wie sie gern sagte. Ein junger Mann kam öfters, wenn Tessa Dienst hatte und ließ beim Verlassen des Lokals den Kassenbon auf dem

Tisch liegen. Beim Entfernen entdeckte Tessa auf der Rückseite eine Telefonnummer, die wohl seine war. Dieser Gast kam regelmäßig wieder und lud sie ein, mit ihm ins Kino zu gehen. Tessa sagte ihm, dass sie verheiratet sei und zwei Kinder hätte. Er akzeptierte ihre Aussage, kam aber weiterhin. Wenn zwischendurch kurz Zeit war, konnte sie sich auch mit ihm unterhalten.

Thomas bekam von seiner Firma eine Betriebswohnung zur Verfügung gestellt, die sie 1963 beziehen konnten. Dreieinhalb Zimmer, Küche und Bad waren damals schon fast Luxus. Sie hätten glücklich sein können, wenn Thomas seine Eifersucht und seinen Alkoholkonsum in den Griff bekommen hätte. Auch als Tessa ihren Wohnort wechselte, konnte sie weiter in der Gaststätte arbeiten, weil ihr von ihrer Chefin das Geld für die Taxifahrt erstattet wurde. Wenn Thomas zwischendurch in die Gaststätte kam fiel ihm auf, dass der eine oder andere junge Mann mit Tessa schäkerte. Tessa wusste genau, dass dies wieder Ärger geben würde wegen seiner Eifersucht. Bei besonderen Anlässen, Geburtstag oder Weihnachten, gab es von der Chefin sehr wertvolle Geschenke. Auch an einem Tag, als Thomas anwesend war. Tessa kam spät nachhause. Thomas war noch wach und Tessa bemerkte gleich seine schlechte Laune und seinen nach Alkohol riechenden Atem. Sie war zwar müde, packte aber freudig ihr Geschenk aus und zeigte es Thomas. Es war ein hellblaues, pastellfarbenes Nachthemd mit einem schönen Ausschnitt, umrahmt von wertvollen Spitzen. Sie probierte es an um zu sehen ob es passt. Das war wohl der falsche Zeitpunkt. Thomas fing wieder mal mit seinen eifersüchtigen Vorwürfen an. In kurzer Zeit kam er so sehr in Wut, dass er Tessa das Nachthemd mit einem Griff in den Ausschnitt, vom Leib riss. Damit hatte er seine Wut und grundlose Eifersucht abreagiert. Weinend, empört und traurig ging Tessa schlafen. Solange Tessa mit Familie bei ihren Eltern im Haus wohnte, hielt sich Thomas mit seinen Aggressionen zurück. Dies wurde Tessa erst bewusst als sie umgezogen waren.

Waschtage

Die junge Familie hatte noch keine Waschmaschine. Wenn gewaschen werden musste benutzte man die Waschküche im Untergeschoß. Sie war ausgestattet mit einem mit Holz beheizbaren Kessel und einem großen Holztisch zum Sortieren der Wäsche. Tessa musste sich in eine Liste eintragen, wenn sie den Wunsch hatte zu waschen. Dies war jedes Mal eine größere Aktion. Tessa konnte die Kinder, sie waren zwei und vier Jahre alt, nicht allein in der Wohnung lassen. Sie nahm ihre Kinderstühlchen mit in die Waschküche und stellte diese in eine sichere Ecke und die kleinen Zwerge mussten dort stillsitzen. Bei gutem Wetter durften sie vor die Waschküchentüre in den eingezäunten Hofraum. Bei weniger gutem Wetter war es für Sabine und Peter ganz schwierig längere Zeit stillzusitzen.

Dies bemerkte eine junge Frau die auch im Haus wohnte, als sie in die Waschküche kam. Sie bot Tessa an, die Kinder mit zu sich in die Wohnung zu nehmen bis Tessa mit der Wäsche fertig war. Diese Familie hatte auch Kinder im selben Alter und sie konnten miteinander spielen. Für diese Geste war Tessa sehr dankbar und es wurde eine gute nachbarschaftliche Verbindung. Wenn Bedarf war, hatte Tessa auch mal die Kinder dieser Familie beaufsichtigt. Tessa sprach mit Thomas darüber, dass ganz dringend eine Waschmaschine angeschafft werden müsse. Geplant wurde dies, aber bis zur

Anschaffung dauerte es noch eine lange Zeit. Diesen Luxus gab es erst als Felix 1965 geboren wurde. Dies war dann eine große Erleichterung.

Große Probleme und das Ende der Ehe

Die familiäre Situation hatte sich total verändert. Statt in den neuen Räumen glücklich zu sein, fing Thomas verstärkt an zu trinken. Er wurde zum Alkoholiker.

Vorab eine wichtige Erkenntnis. Tessa musste erleben, dass ihr Mann Thomas durch Alkoholeinfluss und seiner Wahneifersucht zu den nachfolgenden Nötigungen und Misshandlungen fähig war. Er wurde in seinem Alkoholwahn unberechenbar. Allerdings fanden im Beisein von anderen Personen solche Ausbrüche nicht statt. In diesem Zustand war Thomas total verwandelt, er war ein anderer Mensch. Deshalb gab es keine Zeugen, die Tessa hätten helfen können.

Tüchtig, wie Thomas war, hatte er die ganze Wohnung selbst tapeziert und verschönert. Verärgert über eine, für ihn unangenehme Äußerung und Kritik von Tessa, schüttete er ihr den Inhalt eines Weinglases ins Gesicht und drückte ihr eine brennende Zigarette auf dem Arm aus. Tessa war wütend über eine so schlimme Körperverletzung. Der Schrei blieb ihr im Hals stecken. Dies geschah nicht im Beisein der Kinder. Diese schliefen schon in ihrem Kinderzimmer. Tessa konnte ihrem Schmerz und ihrem Zorn nicht Ausdruck geben, um die Kinder nicht zu wecken. Dies war der Beginn des Elends. Daraus wurde Gewohnheitsrecht. Tessa war verzweifelt und hilflos.

Unter anderem war es auch ein schlimmes, gestörtes Verhalten von Thomas, bei Tisch vor den Kindern Streit anzufangen und dies auch oft im nüchternen Zustand. Im Elternhaus von Tessa wurde vor den Mahlzeiten gebetet. Die neue Situation war für Tessa erschreckend. Tessa weiß nicht, welche Erziehung Thomas in seinem Elternhaus erfahren hatte. Anstand hatte er nicht. Er verlangte von Tessa absoluten Gehorsam. Sie musste ihm immer zu Diensten und verfügbar sein. Dazu gehörte beispielsweise, dass sie ihm am Abend seine verschmutzten Arbeitsschuhe abwusch, mit Zeitungspapier ausstopfte und am nächsten Morgen polierte, bevor er geweckt werden wollte. Dies war typisch für seine herrschsüchtige Dominanz. Ein zweites Paar Arbeitsschuhe hatte er zu dieser Zeit nicht. Für Tessa war es besonders belastend, dass Thomas nach diesen Aggressionen niemals zu einer klärenden Aussprache bereit war. Man ging einfach zur Tagesordnung über bis zum nächsten Krach.

Schöne Tage waren die Besuche bei Tessas Eltern auf dem Land. Da war Thomas charmant und gesprächig. Niemand ahnte was sich in der gemeinsamen Wohnung an Dramen abspielte. Tessa hielt sich bedeckt. Sie wollte den Eltern keinen Kummer bereiten. Für die Kinder war dies eine entspannte Erholung. Tessas Eltern pflegten und hegten Haus und Garten wie auch schon in ihrer alten Heimat Ungarn. Überall wuchsen Blumen in den buntesten Farben. Balsam für die Seele. Sie hielten sich

Hühner und Schweine. Tessa und die Kinder konnten sich satt essen. Beim Abschied gab es dann immer noch ein Essenspaket mit und regelmäßig war auch ein Geldschein dabei. Der Schlachttag eines Schweins, eine sogenannte Hausschlachtung, war ein besonderes Ereignis. Tessas Vetter war Metzger und hatte alles im Griff. In einer Milchkanne, gefüllt mit Kesselbrühe und ordentlichen Fleischstücken, ließ man die Nachbarn an diesem Fest teilhaben. Der Metzger zerteilte die Fleischstücke und machte aus einem Teil die bekannte ungarische Bratwurst. Größere Fleischstücke wurden in Salzlake eingelegt und später dann geräuchert. Ein weiterer Teil wurde in Weckgläsern eingedünstet. Dies war dann ihre Verpflegung für mehrere Monate.

Zu fortgeschrittener Stunde nach gutem Essen und mehreren Gläsern Wein wurde die Gesellschaft immer lustiger. Vater Michael hatte seinen eigenen Wein, den er selbst kelterte, in Holzfässern im Keller. Dieses Können hatte er sich schon in jungen Jahren in Ungarn angeeignet. Ihm war es ein Bedürfnis und sein ganzer Stolz, seine Gäste gut zu bewirten. Es wurden Geschichten aus der alten Heimat erzählt. Wenn Opa Michael mal eine Pause machte bettelten die Kinder: „Opa, noch eine Geschichte!" Es war ein richtig schönes Familienfest. Tessas Eltern waren immer sehr gastfreundlich. Mutter Anna war auch Tessas großes Vorbild. Korrekt, sauber, ordentlich, gewissenhaft, streng, gerecht aber immer liebevoll. Ganz besonders aber war sie sehr geduldig. Tessa sagte, auch als Erwachsene noch Mami zu ihrer Mutter. Einmal fragte Tessa: „Sag mal Mami, warum warst Du immer so streng mit mir?" Darauf antwortete ihre Mutter: „Ich habe immer versucht, Dich zu beschützen!"

Die einzige Vertraute von Tessa war ihre Freundin Helga. Wenn sich Tessa mal wieder am Telefon ausweinte sagte sie: „Helfen kann ich Dir nicht aber zuhören wann immer Du mich brauchst! " Dies war für Tessa ein freundschaftlicher Trost und eine große Stütze in ihrem Leben.

1964 war eine Stelle im Öffentlichen Dienst ausgeschrieben. Mutterschaftsvertretung für zwölf Wochen. Tessa bewarb sich und bekam die Stelle. Ihre Eltern versorgten die Kinder. Vor Ablauf der zwölf Wochen wurde Tessa gefragt ob sie bleiben wolle. Nach Rücksprache mit ihrem Mann Thomas nahm sie die Stelle an. Für die Kinder hatte sie einen Platz in einer Kindertagesstätte bekommen. Bei einem Diktat fragte ihr Chef: „Wissen Sie eigentlich in welchen Lokalen Ihr Mann nachts verkehrt?" In der Nacht zuvor wurde Thomas von der Polizei betrunken in seinem Auto schlafend aufgefunden. Nein, Tessa wusste nicht in welchen Lokalen ihr Mann nachts verkehrte. Im gleichen Jahr verursachte Thomas einen Verkehrsunfall mit Fahrerflucht. Der Führerschein war weg und viele Tausend DM waren zu bezahlen. Es war Alkohol im Spiel und die Versicherung forderte Regress. Daraufhin machte Tessa ihren Führerschein.

Im Sommer 1965 hatte Thomas einen Magendurchbruch. Ein Magengeschwür war die Ursache. Sein übermäßiger Alkoholgenuss hat wohl mit dazu beigetragen. Nach seinem Krankenhausaufenthalt musste er lange Zeit Diät halten. Er wollte besser auf seine Gesundheit achten. Sein guter Vorsatz hielt leider nicht lange an.

Im August 1965 ist Sohn Felix geboren. Tessa nahm ihre Tätigkeit nicht wieder auf. Mit kleinen Nebenjobs versuchte sie, die Haushaltskasse aufzubessern. Eine große Hilfe waren ihre Eltern. Sie hatten einen Gemüsegarten und Tessa durfte sich mitnehmen was immer sie brauchte. Trotzdem gab es noch Tage an denen Tessa nicht wusste, was sie aus Geldmangel für die Kinder kochen sollte. Gemüsesuppe und Kartoffelsuppe waren dann eine Möglichkeit. Pfannkuchen mit Zwetschgenkompott hatten die Kinder auch gern gegessen. Auch sonstiges Obst stand ihr von den Eltern zur Verfügung. Einfacher und kostengünstiger ging es nicht.

In dieser Zeit hatte Tessa einen kleinen Jungen aus der Nachbarschaft in Tagespflege. Er hieß Klaus und war ein netter Spielkamerad für Felix. Auch diese Einnahme war wichtig für die Haushaltskasse. Nachmittags gingen Tessa und ihre Freundin Helga mit den Kindern spazieren. Anschließend gab es Kaffee und Marmeladebrot mit

Helgas selbstgekochter Marmelade. Ab und zu gab es selbstgebackenen Kuchen. Gekauft wurde nicht, denn dafür fehlten die Mittel und er wurde auch nicht wirklich vermisst.

1969 wurde Tessa und Thomas von Freunden ein Vereinsheim mit Bewirtung empfohlen. Sie bewarben sich und bekamen den Zuschlag. Der Pachtvertrag lief auf Tessas Namen. Es wurden spontan ein neues Auto und ein Wohnwagen auf Kredit gekauft. Das Motto lautete: Wir sind Unternehmer! Mehr scheinen als sein war für Thomas ein gern gelebtes Spiel. Die Bank bereitete die Unterlagen vor. Zum Unterschreiben musste Tessa allein gehen, denn Thomas war es angeblich zeitlich nicht möglich zur Unterschrift zu erscheinen. Auch diese Angelegenheit lief auf Tessas Namen. So viel zum Thema Vertrauen in der Ehe. Partnertäuschung, was für eine miese Charaktereigenschaft. Das Vereinsheim mit Gaststätte hatte Tessa nur für ein Jahr gepachtet. Thomas versprach, mitzuhelfen. Der wesentliche Kündigungsgrund war: Tessa erkannte, dass ihr Mann Thomas keine Hilfe war und zudem noch mit ihr bester Gast. Folglich ließ sich nicht viel erwirtschaften. Im Juni 1970 war die Pacht beendet.

Tessas Eltern hatten 1970 Goldene Hochzeit. Tessa, Bruder Fred und engste Freunde halfen dabei, den Eltern ein schönes Fest zu bereiten. Diese waren darüber sehr glücklich. Sie waren immer sehr bescheiden und nicht gewohnt im Mittelpunkt zu stehen.

Im selben Jahr las Tessa ein Inserat in der Zeitung: Halbtagsstelle für ein halbes Jahr zur Aushilfe als Schreibkraft. Tessa bewarb sich und bekam die Stelle. 1971 begegnete Tessa zufällig ihrem früheren Chef. Er bot ihr eine Stelle an, die allerdings im Schichtdienst war. Tessa besprach sich mit ihrem Mann Thomas und sie vereinbarten die Möglichkeit der abwechselnden Kinderbetreuung. Tessa fing dann im Juli 1971 im Schichtdienst an in gutem Glauben, sich auf das Versprechen von Thomas verlassen zu können. Jedoch, die Kinderbetreuung lief überhaupt nicht gut. Bald stellte sich heraus, dass Thomas nachts unterwegs war und die Kinder allein ließ. Dies war ein unverantwortlicher Vorgang, da die Kinder zu dieser Zeit zwölf, zehn und sechs Jahre alt waren.

Eines nachts, kurz nachdem Tessa ihren Nachtdienst angetreten hatte, rief Thomas vom Bahnhof Cannstatt an: Dies sind meine letzten 20 Pfennig. Ich bin betrunken. Hol mich ab! In ihrer Verzweiflung besprach sich Tessa mit einem Kollegen. Sie fuhr mit dem Auto nach Cannstatt und holte Thomas ab. Sie stellte das Auto vor ihrer Wohnung ab. So betrunken wie er war, musste sie ihn im Auto sitzen lassen. Er war inzwischen eingeschlafen und sie ging wieder zum Dienst. Es gab eine Abmahnung für Tessa, denn nichts blieb geheim.

Die Streitigkeiten wurden immer schlimmer. Thomas ging

in alkoholisiertem Zustand zur Polizei und zeigte Tessa an. Begründung: Fahren unter Alkoholeinfluss. Die Beamten führten bei Tessa eine Kontrolle durch mit dem Ergebnis, dass dies eine Falschaussage war und erstatteten Gegenanzeige gegen Thomas. Wieder waren eine Strafe und teure Anwaltskosten fällig.

Thomas war grundlos eifersüchtig. Er schlug Tessa wegen jeder Kleinigkeit. Sie konnte ihm nichts mehr recht machen. Sie wollte um Hilfe telefonieren. Um dies zu verhindern riss er das Telefon aus der Verankerung. In ihrer Verzweiflung bat Tessa einen Verwandten, die Eltern von Thomas zu holen. Sie wohnten weiter weg und hatten kein Auto. Tessa erhoffte sich Hilfe. Die Eltern kamen und waren überrascht und sprachlos als sie von den Vorkommnissen erfuhren. Hilfe war nicht möglich, denn ein klärendes Gespräch mit Thomas war aussichtslos. Den Mut zu einer Aussprache hatte er auch in dieser Situation nicht. Die Eltern betrübt und ratlos über das Verhalten ihres Sohnes, zogen unverrichteter Dinge wieder ab.

Tessa bekam auch von ihrem Bruder Fred keine Unterstützung, obwohl er die Situation kannte. Ihre Eltern hatte sie zu dieser Zeit noch nicht über die dramatische Lage informiert. Die Verantwortung für die Kinder und die finanzielle Situation waren lange Zeit eine Hemmschwelle für den Entschluss zur Trennung. Als der Leidensdruck zu groß wurde, fasste sie den Plan und ging zum Anwalt. Sie hatte große Sorge, ob sie alles bewältigen würde. Die tägliche Angst, bevor Thomas von der Arbeit kam, gab ihr dann die erforderliche Energie 1973 die Scheidung einzureichen. Sie bekam einen Nervenzusammenbruch. Sie war erschöpft und es hatte viel Kraft gebraucht für die Kinder und für sich einen Neuanfang zu schaffen. Die Medikamente die ihr der Arzt verschrieb beruhigten sie, bis die Erholung eintrat dauerte es noch sehr lange. In dieser Zeit hatte sie Unterstützung von ihrem Arbeitgeber. Mehrmals kam eine Kollegin vorbei um sich nach ihrem Befinden zu erkundigen und bot ihre Hilfe an.

Als die Scheidungsunterlagen kamen ging Thomas zu Tessas Eltern um sie zu informieren. Sie fielen aus allen Wolken. Tessa bekam einen Anruf ihrer Mutter die sie zum sofortigen Gespräch bestellte. Sie machte ihr Vorwürfe nach dem Motto, so was macht man nicht. Ihre Worte waren: „Sag mal, hast Du den Verstand verloren?" Erst dann, unter diesem großen Druck, hatte Tessa ihren Eltern erzählt, was sie in den vergangenen zehn Jahren ertragen musste. Sie wurde belogen, betrogen, geschlagen und hatte trotzdem mit ihren Kindern einen Neuanfang gewagt. Die Eltern waren bis zu diesem Zeitpunkt total ahnungslos und entsetzt. Sie unterstützten Tessa von diesem Zeitpunkt an verstärkt.

Thema Wohnungssuche und neue Probleme

Dies war besonders schwierig. Eine geschiedene Frau mit drei minderjährigen Kindern, doch Tessa fand eine Wohnung. Als Thomas den Umzugstermin erfuhr war er zur Stelle, als die Möbelpacker kamen. Bei jedem Teil das die Arbeiter anfassten sagte er: „Das bleibt da!" Nach längerem Hin und Her gingen die Möbelpacker mit der Ansage wiederzukommen, wenn die Fronten geklärt seien. Die Kosten für Anfahrt und die Zeit wurden natürlich trotzdem berechnet.

Einen Tag vor dem Scheidungstermin beim Mittagessen sagte Thomas zu den Kindern: „Morgen werdet ihr geteilt!" Er hatte überhaupt kein Gefühl für die schreckliche Situation. Die Kinder schauten Tessa mit großen Augen an. Darauf antwortete Tessa: „Macht euch keine Sorgen wir bleiben zusammen. Ich sorge für Euch!"

Im Dezember 1973 war die Scheidung. Tessa wurde nach damaligem Recht, schuldlos geschieden und bekam das alleinige Sorgerecht. Sie war mit den Kindern in eine neue Wohnung gezogen. Die Kinder waren acht, zwölf und vierzehn Jahre alt. Die Kinder litten unter der Scheidung, denn sie schämten sich. Scheidungskinder. Dann kam auch noch das Jugendamt um die Wohnverhältnisse zu überprüfen. Wenn Tessa Nachtdienst hatte waren die Kinder allein. Tessa konnte glaubwürdig versichern, dass die Kinder dies gewohnt waren und Tessa jederzeit telefonisch erreichbar war. Tessa konnte sich auf ihre

Kinder absolut verlassen. Das Geld war weiterhin sehr knapp und zu dieser Zeit gab es noch keinen Versorgungsausgleich. Sie hatte Schulden bei ihren Eltern, Schulden bei der Bank und Schulden beim Arbeitgeber. Es musste auf vieles verzichtet werden. Dies tut Tessa heute noch leid. Wenn die Kinder Wünsche äußerten, und wenn sie noch so klein waren, konnten sie nicht erfüllt werden. Von Extras ganz zu schweigen. Nachts lag sie oft wach, weil sie nicht wusste, wie es am nächsten Tag finanziell weitergehen sollte. Von Thomas kamen keinerlei Geschenke und keine Unterstützung, außer den von ihm angebotenen DM 500,--: Entweder DM 500,-- oder nichts, waren seine Worte.

Thomas passte Tessa immer wieder auf der Straße ab. Er beschimpfte sie mit den übelsten Worten und drohte mit Gewalt. Auch deshalb und aus blanker Angst hatte Tessa versucht, mit dem zur Verfügung stehenden Geld auszukommen und seine Wut nicht noch zu schüren. Heute weiß sie, dass dies ein Fehler war. Je mehr sie sich zurückhielt, umso dreister und unverschämter wurde er.

Kraftakt

Der Wohnwagen stand auf einem Campingplatz auf der Alb. Er war zum Glück auf Tessa zugelassen. Im Februar 1974 bat sie einen Kollegen, den Wohnwagen mit ihr abzuholen. Sie hatte einen Käufer gefunden und konnte den Wohnwagen, leider weit unter dem Wert, verkaufen. Ganz wichtig war Tessa den Stellplatzvertrag zu kündigen, um weitere Kosten zu vermeiden und damit die Schulden etwas zu minimieren. Den Wohnwagen abzuziehen war eine große Anstrengung. Das Vorzelt war vereist und mit Schnee bedeckt. Aber gemeinsam mit ihrem Kollegen ist Tessa dies dann gelungen. Der Wohnwagen wurde, in weiser Voraussicht, auf einem für Thomas unbekannten Platz bis zum Verkauf abgestellt.

Thomas machte 1974 einen Selbstmordversuch den er Tessa telefonisch ankündigte. Sie war bei der Arbeit. Tessa holte sich Rat bei ihrem Arzt. Seine Anweisung war: Sie müssen die Rettung verständigen. Sie fühlte sich nicht mehr zuständig und trotzdem verständigte Tessa die Rettungsstelle. Thomas kam ins Krankenhaus und danach in die Psychiatrie. Als Thomas sein Entlassungstermin aus der Psychiatrie bekannt war, bat er Tessa ihn abzuholen. Der behandelnde Arzt bestellte Tessa zum Gespräch mit den Worten: „Was wollen Sie hier?" Tessa: „ihn abholen!" Der Arzt: „Halten Sie sich von diesem Menschen fern, denn er ist ein Simulant! Und nachdem ich weiß, dass Sie geschieden sind haben Sie keine Verantwortung mehr für ihn." Tessa versicherte dem Arzt, dass diese Handlung einmalig wäre. Darauf der Arzt „Ihr Wort in Gottes Ohr!"

Nach diesem Vorkommnis kam Thomas in die Reha. Er setzte die Unterhaltszahlung für die Kinder aus, und dies war Katastrophe pur. Die Kinder mussten per Gericht den Unterhalt einklagen. Als Thomas von der Reha zurückkam bat er Tessa um ein Gespräch. Er sprach überzeugend von neuer Erkenntnis und Läuterung und absoluter Umkehr seines Verhaltens. Er beteuerte seine Liebe zu den Kindern und auch zu ihr. Seine Worte waren folgende: „Kommt zu mir zurück. Wir nehmen uns eine schöne Wohnung und Du Tessa musst nur noch halbtags arbeiten. Die Kinder brauchen doch auch einen Vater!" Wie wahr! Mit seiner dämonischen Überzeugungskraft schaffte er es, Tessa umzustimmen. Die Kinder bettelten, besonders Sabine: „Mama tue es nicht! Tessa wurde von ihren Gefühlen und seinen Versprechungen wieder einmal überwältigt und hatte ihm geglaubt und vertraut.

Zweiter Versuch

Ein Jahr nach der Scheidung im Oktober 1974 zog Tessa mit den Kindern wieder mit Thomas zusammen in großer Hoffnung und Zuversicht, dass sich alles zum Guten wendet. Sie hoffte auf eine Versöhnung aus tiefem Glauben. Vier Zimmer mit Balkon und einer wunderbaren Aussicht. Es war eine schöne, geräumige Wohnung und was ganz wichtig war, die Kinder hatten einen kurzen Schulweg. Wie es sich dann kurzzeitig herausstellte, war diese Entscheidung ein unverzeihlicher Fehler ihrerseits. Diese Entscheidung hatte Tessa in den darauffolgenden vier Jahren viele tausendmal bereut.

Tessas Eltern und auch ihr Bruder Fred waren darüber entsetzt als sie erfuhren, dass Tessa wieder zu Thomas gezogen war. Es war lange Zeit eine getrübte Stimmung. Mit Geld und Lebensmitteln haben die Eltern ihr aber trotzdem ausgeholfen. Dies war eine Liebesbezeugung und Fürsorge der Eltern ganz besonderer Art. Tessa hatte die „Bettelei" total satt, sah aber keine andere Möglichkeit als dies anzunehmen, denn das Geld war weiterhin knapp.

Von Halbtagsarbeit war nach dem Einzug in die neue Wohnung keine Rede mehr. Der große Schuldenberg hätte es gar nicht zugelassen. Die Tatsache, dass Tessa die Scheidung veranlasst hatte, konnte Thomas Ego nicht verkraften. Die folgenden Jahre bis zum erneuten Auszug waren die Hölle für alle. Diese Zeit übertraf noch alles bis dahin Geschehene. Wenn Tessa abends vom Dienst kam, wurde sie öfters von Sohn Felix vor dem Haus mit den Worten erwartet: „Mama sag nichts, Papa ist wieder betrunken. Nicht, dass es wieder Streit gibt. Ich kann es nicht mehr ertragen."

Auf Thomas damaliger Baustelle waren auch jugoslawische Arbeiter beschäftigt. Wenn diese aus dem Jahresurlaub zurückkamen brachten sie Thomas Schnaps, ihren Slivovic, mit. Dies war eine Ehrerweisung für ihn seitens seiner Mitarbeiter. Es gibt nichts Schlimmeres als einen Schnapsrausch. Thomas lebte wie zuvor sein eigenes Leben. Ging und kam wie es ihm passte, oft auch betrunken. Gespräche waren nicht möglich. Tessa bat ihn darum, er solle Hilfe suchen und annehmen. Sein Verhalten war krankhaft und unverständlich nach seinen so überzeugenden Beteuerungen vor dem Umzug. In der Reha hatte er nicht wirklich etwas dazugelernt bzw. begriffen oder begreifen wollen. Familiäre Angelegenheiten waren ihm nicht wichtig. Er nahm keinerlei Rücksicht auf Tessa. Provozierend verabredete sich Thomas mit seinen Freundinnen in Tessas Beisein, mit genauer Treffpunktangabe. Tessa wurde geplagt von Rücken- und Magenschmerzen. Sie war in Behandlung bei einem Internisten. Um eine Diagnose ihrer Magenschmerzen zu erstellen wurde sie gründlich untersucht ohne Ergebnis. Der Magen war in Ordnung. Auch der Physiotherapeut kam mit seiner Behandlung, den Rücken betreffend, nicht weiter. Es war alles rein psychisch. Tessa weinte sich wieder mal bei ihrer Freundin Helga aus. Erzählte ihr, dass Thomas nicht gesprächsbereit war und auch nicht bereit war, sich helfen zu lassen. Empfehlung von Helga: "Du musst mit ihm einen Gesprächstermin vereinbaren. Du darfst ihn nicht überfallen!"

Sonnenlicht

Andere Menschen können für uns manchmal wie eine Sonne sein. Eine Sonne, der wir uns dankbar zuwenden, weil sie uns wärmt und stärkt mit ihren Strahlen aus Herzlichkeit, Wohlwollen, Vertrauen und Verständnis. So eine Sonne war für Tessa ihre beste Freundin Helga. Wie schlimm die Situation war, sie konnte immer auf sie zählen.

Gesprächstermin

Tessa sprach Thomas bei passender Gelegenheit an, um einen Gesprächstermin zu vereinbaren. Seine Antwort lautete: „Mit Dir spreche ich nicht. Gegen Dich kommen keine zwanzig Rechtsanwälte an!" Dies war ein sichtbares Zeichen seiner unglaublichen Schwäche. Aber, wenn er Tessa schlug und demütigte, ging es ihm sichtbar gut. Übrigens meinte er, er sei nicht krank. Das Problem sind immer die andern! Die Kinder kamen total zu kurz. Die ständigen Streitereien zehrten auch an ihren Nerven. Familienleben war nicht mehr möglich. Tessa hatte außer ihrer besten Freundin Helga keine freundschaftlichen Verbindungen. Die ständige Besserwisserei und Angeberei von Thomas wollte sich niemand antun. Als Tessa wieder mal total verzweifelt war, telefonierte sie mit der Mutter von Thomas. Sie informierte sie über die schrecklichen Begebenheiten und teilte ihr mit, dass sie sich endgültig von Thomas trennen werde. Darauf sagte diese: "Es tut mir sehr leid für Dich und auch für die Kinder. Ich kann nichts dafür, dass Thomas so ein Gauner ist. So lange ich lebe gehörst Du zur Familie!" Beide weinten am Telefon. Wenn die Mitarbeiter aus der Firma von Thomas mit dem Firmenbus morgens vor dem Haus standen um ihn abzuholen, gab es Tage an denen sie wieder unverrichteter Dinge wegfahren mussten. Thomas war nach einem Rausch morgens nicht wach zu kriegen. Dann musste ihn Tessas später zur Arbeit fahren.

Im September 1977 hatte Tessa eine größere Operation. Wenn Aufnahmeunterlagen ausgefüllt werden ist auch die Frage zu beantworten wer der Ansprechpartner im Notfall ist. Hier trug Tessa die Telefonnummer von Thomas ein. Am Tag nach der OP kam Tochter Sabine ins Krankenhaus. Als erstes fragte Tessa: „Seid ihr rechtzeitig zur Schule gekommen?" Sabine zögerte. „Ich will es Dir nicht sagen!" Tessa wollte es aber wissen. „Komm, sag schon!" Sabine machte ein betrübtes Gesicht und erzählte dann, dass sie verschlafen hätten denn Papa war in der Nacht nicht zuhause. Dies trug nicht gerade zu Tessas Genesung bei, zumal sie angespannt auf den OP-Bericht wartete. Ihre größte Angst war, dass ihr etwas passiert und was dann aus den Kindern wird. Nach einer Woche wurde sie entlassen. Sie war beruhigt denn die Diagnose lautete: „Kein Krebs!" Vier Wochen war sie im Krankenstand, dann ging sie wieder voll zur Arbeit im Schichtdienst. Schichtdienst und Fünf-Personen-Haushalt! Sabine war eine große Hilfe für die Familie. Sobald sie schulisch etwas Zeit hatte, half sie im Haushalt. Mutter und Tochter waren immer bemüht, die Wäsche von Thomas als erste Aufgabe zu erledigen, damit es keine Kritik seinerseits gab.

Sohn Peter hatte eine Lehrstelle angenommen. Er machte eine Ausbildung zum Feinmechaniker. Zu dieser Zeit hatte er eine nette Freundin und verbrachte viel Zeit mit und bei ihr. Die Freundin lebte in einer harmonischen Familie und dies war Balsam für die Seele von Peter. Thomas war sehr streng mit den Kindern. Er hatte keinerlei Verständnis für eine gute, väterliche Erziehung. Sohn Peter war mit Freunden in Stuttgart bei der italienischen Nacht. Im Trubel verlor er seine Freunde. Sie waren gemeinsam mit einem Auto dort. Nachts um Ein Uhr kam ein Anruf von Peter: Ich bin am Hauptbahnhof am Nordausgang. Ich habe meine Freunde verloren. Kannst Du mich bitte abholen? Tessa war sofort bereit. Thomas versuchte, ihr dies zu verbieten. Aber diesmal hatte er keine Chance. Sie fuhr nach Stuttgart und holte Peter ab.

Sabine und Felix gingen noch zur Schule. Die Kinder waren zu dieser Zeit in einem Alter, wo sie es wagten, sich bei Streitigkeiten zwischen Tessa und Thomas, einzumischen. Einmal stellte sich Sabine dazwischen als Thomas wieder mal zum Schlag gegen Tessa ausholte und bekam diesen dann ab. Beschämend. Daraufhin duldete er sie nicht mehr in der Wohnung. Sie zog, obwohl sie noch nicht volljährig war, zu ihrem Freund. Auch Sohn Peter sprach seinen Vater immer wieder an: Papa lass doch die Mama in Ruhe! Das war total zwecklos. Tessa wollte Felix für die Schule wecken und sah Wattebällchen im Bett. Auf die Frage ob er Ohrenschmerzen habe antwortete er: „Ich kann die ständigen Streitereien nicht mehr ertragen!" Felix, zwölf Jahre alt sagte zu Thomas: „Papa, warum bist Du so böse zur Mama?" Daraufhin Thomas: „Sei Du still, Du bist sowieso nicht von mir." Dies war eine unfassbar erniedrigende Aussage eines Vaters. Als Felix dies weinend Tessa erzählte weinten beide,

Mutter und Kind. Tessa versprach, sich sofort um eine neue Wohnung zu bemühen. Sie sah keine Möglichkeit mehr für ein weiteres Zusammenleben. Thomas war so dem Alkohol verfallen, dass er nicht mehr wusste was er sagte. Eine weitere Begebenheit war, als Tessa mal wieder vom Nachtdienst kam. Sie war müde und abgespannt. Sie hätte gern mindestens ein bisschen geschlafen. Thomas war zuhause. Er hatte genug Zeit sich zu betrinken. Wahrscheinlich hatte er wieder mal Langeweile. Er ließ Tessa nicht schlafen. Tessa saß weinend und total übermüdet im Sessel. Thomas stand neben der Anrichte auf der ein großes Messer lag. Seine Worte: „Wenn Du die Augen zumachst, steche ich Dich ab!" Dies waren Stunden in denen Tessa in Todesangst inbrünstig betete, Thomas möge doch ermüden und zu Bett gehen und schlafen.

Die Kinder litten schrecklich. Sie bekamen, da sie schon älter waren, viel zu viel mit. Obwohl sie so viel Leid ertragen musste, waren die schulischen Ergebnisse gut. Heute wundert sich Tessa warum sie sich dies alles von Thomas hatte bieten lassen. War es die Erziehung? Vielleicht teilweise. Nein sagen hatte sie nie gelernt. Es war die panische Angst vor weiterem Streit, Demütigungen und Misshandlungen. Mit einem blauen Auge oder mit Schal am Hals wegen Würgemalen zur Arbeit zu gehen, war unbeschreiblich beschämend und erniedrigend.

Thomas brachte es fertig, in Tessas Firma kurz vor ihrem Dienstbeginn anzurufen und zu sagen: Meine Frau kommt heute nicht! Er war wieder mal betrunken und ließ sie einfach nicht zur Arbeit gehen. Dies war der Anlass für eine weitere Abmahnung seitens ihres Arbeitgebers. Ein Wunder besonderer Art war, dass sie überhaupt an ihrer Arbeitsstelle bleiben durfte und ihre fürchterlichen Familienverhältnisse wohlwollend geduldet wurden. Trotz aller Eskapaden bekam sie auch noch tröstenden Zuspruch.

Weihnachtszeit

Tessa backte Schokoladekuchen und Plätzchen, während Thomas beim Kegeln war. Die Wohnung duftete nach Vanille und Schokolade. Die Kinder schliefen und freuten sich auf das Frühstück mit Kuchen. Tessa ging, nachdem sie mit ihrer Arbeit fertig war zu Bett. Sie konnte aber trotz Müdigkeit nicht einschlafen. Ihre Gedanken kreisten um Thomas. Was war er für ein Mensch? Sie waren nun schon wieder eine geraume Zeit in der neuen Wohnung zusammen und nichts hatte sich wirklich geändert. Er war geheimnisvoll und nach wie vor nicht gesprächsbereit. Alkohol- und Eifersucht sind Krankheiten. Warum ließ er sich nicht helfen? War ihm alles wichtiger als ein glückliches Familienleben?

Irgendwann schlief sie vor Übermüdung ein. Sie wurde wach als sie den Schlüssel geräuschvoll im Türschloss hörte. Thomas kam nachhause. Er ging ohne ein Wort zu sagen in die Küche. Er nahm das Backbrett, worauf die Plätzchen lagen und warf sie über den Balkon vom dritten Stock in den Garten. Dann holte er den Schokoladekuchen und wollte ihn Tessa ins Gesicht werfen. Die Schokolade klebte auf der Kuchenplatte. Deshalb warf er den Kuchen mit Kuchenplatte in ihre Richtung. In diesem Moment war Tessa hellwach und wandte den Kopf zur Seite. So traf die Kuchenplatte mit Kuchen nur ihre rechte Gesichtshälfte und nicht ihr ganzes Gesicht. Am rechten Ohr ist eine Narbe dieses Vorfalls geblieben.

Damit war er noch nicht zufrieden. Er holte ein großes Messer aus der Küche und schlitzte das Deckbett auf. Die Federn flogen durch die ganze Wohnung. Dies ging alles ganz geräuschlos. Im Kinderzimmer schliefen die Kinder, die scheinbar nichts merkten. Er sagte: "Sei froh, dass Du es nicht bist und bloß die Decke!" Die Kinder wunderten sich am nächsten Morgen über den fürchterlichen Zustand in der Wohnung. Eigentlich hatten sie sich auf Kuchen gefreut. Man ging wie immer, zur Tagesordnung über. Thomas hatte wieder mal unter Alkoholeinfluss jede Kontrolle über sich verloren.

Führerscheinentzug

Eine Polizeistreife beobachtete Thomas als er Schlangenlinien fuhr. Seine Lokalitäten waren schon polizeibekannt. Ganz klar, dass sie ihm nachfuhren. Als Thomas dies bemerkte, beschleunigte er um zu entkommen. Dies gelang ihm nicht und er ließ das Auto stehen und floh zu Fuß. Alkoholisiert wie er war hatte er keine Chance. Die Beamten holten ihn ein und nahmen ihn mit zum Polizeirevier und anschließend mit ins Krankenhaus zur Blutentnahme.

Vom Polizeirevier rief er nachts um drei Uhr Tessa an: "Komm zum Polizeirevier." Tessa fuhr mit dem Fahrrad, aus lauter Angst vor Schlägen und weiteren Misshandlungen zum Polizeirevier Stadtmitte. Die Beamten hatten nicht gewartet. Tessa fuhr dann weiter zum Krankenhaus. In diesem Moment kam Thomas mit den Beamten aus der Tür und ging ohne Erklärung gegenüber Tessas einfach weg. Nun stand Tessa mit dem Fahrrad da und wollte aber das Auto abholen, das am anderen Ende der Stadt stand. Die Beamten luden das Fahrrad ein und nahmen Tessa mit bis zum Polizeirevier Stadtmitte. Von da war es nicht mehr so weit bis zum Auto. Irgendwann am nächsten Tag kam Thomas nachhause. Man ging wie immer zur Tagesordnung über. Keine Erklärung, keine Entschuldigung, kein Kommentar. Dass diese Ausflüge stets mit hohen Kosten verbunden waren kümmerte Thomas in seinem jeweiligen Zustand in keiner Weise.

Nach diesem Vorfall wurde Thomas zur Medizinisch Psychologischen Untersuchung (MPU) nach Stuttgart geladen. Er bestand darauf, dass Tessa ihn mit dem Auto hinbrachte. Sie ging während der Untersuchung in den Weinbergen spazieren. Am Tag nach der Untersuchung erfuhr Tessa bei einem Gespräch mit der zuständigen Ärztin, wie Thomas seinen übermäßigen Alkoholkonsum begründete: Tessa behandle ihn schlecht und dies sei für ihn Stress. Eine für Tessa niederschmetternde Anschuldigung. Thomas bekam nach diversen Gesprächen und Versprechungen den Führerschein wieder. Fünf Wochen später war der Führerschein wieder weg. Dies war der fünfte Führerscheinentzug für den Rest seines Lebens. Er meinte, er wäre schlauer als die Polizei und ahnte nicht, dass er unter Polizeibeobachtung stand. Es gibt Menschen denen einfach nicht zu helfen ist. Die Tatsache, dass Thomas nicht mehr motorisiert war und er teure Taxis benutzte, machte das Zusammenleben noch schwieriger. Er verkehrte nachts irgendwo mit irgendwelchen Personen. Tessa hatte keine Ahnung. Eines Samstagmorgens kam ein Anruf von Thomas mit den Worten: „Ich bin am Bahnhof. Hol mich ab!" Dies waren Momente an denen er sich erinnerte, dass es Tessa gab. Tessa antwortete: „Fahr halt mit dem Bus!" Thomas: „Hab kein Geld!" Tessa fuhr zum Bahnhof. Als sie ihn sah erschrak sie. Sein Anzug war zerrissen, die Brille kaputt und das Gesicht blutig. Sie fuhren nachhause.

Es wurde nicht darüber gesprochen was und warum dies alles passiert ist.

Willkommene Abwechslung

Im September 1976 hatte Tessas Vater seinen achtzigsten Geburtstag. Tessa und Bruder Fred organisierten eine Geburtstagsfeier. Die Musikkapelle, in der Bruder Fred spielte und Vater Michael Mitglied war, gestaltete den Tag und Abend mit Musik. Die Eltern waren sehr glücklich darüber. Es wurde getanzt, gelacht und es wurden Geschichten aus der alten Heimat Ungarn erzählt und richtig gefeiert. Schön, dass sie dieses Fest miteinander erleben durften, denn im April 1977 verstarb Tessas Vater an einem Gehirnschlag. Dies war ein großer Verlust. Nun waren Tessa, die Kinder und auch Bruder Fred mit Familie gefordert. Tessas Mutter fühlte sich anfänglich sehr einsam in ihrer Trauer. Sie blickte auf fünfundfünfzig Jahre gemeinsamen Lebens zurück. Regelmäßige Besuche von Tessa und den Kindern trösteten sie. Die unmittelbaren Nachbarn waren auch liebevoll um sie bemüht. So konnte sie das Alleinsein besser ertragen. In der Wohnung über ihr wohnte eine Familie die ihr anbot, Besorgungen zu machen, wenn sie nicht aus dem Haus konnte oder wollte.

Absoluter Bruch

Sommer 1978. Thomas kam wieder mal betrunken nachhause. Streit gab es schon an der Wohnungstür. Es war aber auch wirklich nicht mehr auszuhalten. Es gab eine regelrechte Schlägerei zwischen Thomas und Tessa. Bis zu diesem Zeitpunkt hatte Tessa nicht zurückgeschlagen. Schlagen war nicht ihr Niveau. Die Söhne Peter und Felix wurden wach und wollten schlichten, hatten aber keine Chance. Thomas war in seinem Alkoholwahn nicht zu bremsen. Er rang Tessa in der Küche zu Boden. Er saß auf ihr und würgte sie bis sie fast bewusstlos war. Sie sah die Wut in seinen Augen und sein verzerrtes, entgleistes Gesicht. In Todesangst und mit allerletzter Kraft konnte sie ihn von sich stoßen und sich befreien. Er fiel rücklings auf den Boden und blieb liegen. Tessa verließ, um dem sicheren Tod zu entkommen, in Panik mit den Kindern die Wohnung und fuhr zu ihrer Mutter. Einfach mal weg mit der Absicht, dieses Drama zu beenden und abzuwarten, bis er wieder nüchtern schien.

Als Tessa mir diese Begebenheit erzählte weinten wir beide und mussten unsere Sitzung abbrechen. Ich war zutiefst erschüttert über so viel Brutalität. Wir vereinbarten einen späteren Termin für die Wiederaufnahme von Tessas Lebensgeschichte.

Wohnungssuche zum Zweiten

Wenn Du glaubst es geht nicht mehr, kommt von irgendwo ein Lichtlein her! Tags darauf bemühte sich Tessa um eine Wohnung und erstaunlicherweise war sie schnell fündig. Diesmal erfuhr Thomas den Auszugstermin nicht. Mit vereinten Kräften packten sie ihre Sachen. Ein paar Möbel für die erste Zeit sowie Kleidung und Schulsachen. Tessas Freundin Helga half auch mit bis zur Erschöpfung. Als Thomas abends heimkam waren sie weg und er kannte erstmal nicht ihren Aufenthalt. Er machte diesen in kurzer Zeit wieder ausfindig und bettelte, sie sollten wieder zurückkommen. Thomas hatte ein Treffen in der Wohnung vorgeschlagen. Felix sagte: „Papa, wir kommen nicht mehr zurück. Von der letzten Schlägerei hängt noch das Blut an der Decke!"

Tessa fragte Thomas warum er eigentlich wollte, dass sie und die Kinder zurückkommen sollten? Wollte er sich an ihr rächen, weil sie die Scheidung eingereicht hatte? Liebe und Fürsorge war es nicht, sonst hätten die vergangenen vier Jahre anders ablaufen müssen. Darauf gab es wie gewohnt keine Antwort. Deshalb verließ Tessa mit Felix die Wohnung. Thomas machte keinen Versuch mehr, sie zurückzuhalten. Seine Versäumnisse wurden ihm wohl zu diesem Zeitpunkt, als er gerade nüchtern war, bewusst.

Es wäre Thomas zu wünschen, dass er Erkenntnis darüber erlangt, was er seiner angeblich einzig geliebten Frau und seinen Kindern angetan hatte. Sie waren gefangen in den Streitereien und eingeschränkt in ihrer Entwicklung. Sehr viel verlorene Lebenszeit. Es war ihm anscheinend nie bewusst, welch Glück es bedeutet, drei gesunde, tüchtige Kinder zu haben. Einmal sagte Tessa zu Thomas: „Wenn Du mit mir nicht mehr klarkommst bedenke, dass ich die Mutter Deiner Kinder bin!" Kommentar von Thomas: „So ein blödes Geschwätz, das passt zu Dir!" In ihrer neuen Wohnung kamen sie zur Ruhe. Endlich mal ungestört ausschlafen können. Keine Angst mehr vor Streit haben zu müssen. Tessa und die Kinder lebten auf. Auch Tochter Sabine kam wieder nachhause. Es war für Tessa ein ganz neues Lebensgefühl, mit ihren Kindern in Ruhe und Harmonie vereint zu sein. Ihre Magen- und Rückenschmerzen hatten sich noch nicht wesentlich gebessert. Tessa bekam eine Adresse eines Heilpraktikers. Sie machte kurzfristig einen Termin. Obwohl ihre finanziellen Mittel es kaum erlaubten, hatte sie nach diversen Behandlungen erkannt, dass diese Entscheidung richtig war. In mehreren Sitzungen lernte Tessa endlich, auch mal an sich zu denken. Nicht immer allen Menschen alles recht machen zu wollen, so wie sie es Jahrzehnte gelebt hatte. Es klingt vielleicht einfach, aber dies war eine heilsame Behandlung. Die Kinder waren selbstständig und ihr wurde vom Heilpraktiker eine Reha empfohlen. In dieser Reha konnte sie sich vom zurückliegenden Stress erholen.

Hilfsbereitschaft

Um ihre Schulden zu tilgen hatte Tessa zusätzlich zu ihrem Arbeitsverhältnis eine Putzstelle angenommen. Ein großes Haus mit Garten war das Objekt. Die Besitzerin, eine ältere Dame freute sich, Hilfe zu bekommen. Die Entlohnung war gut. Erfreulich war, dass Tessa außer ihrem Lohn auch Obst und Gemüse aus dem Garten mitnehmen durfte. Noch Jahre danach, als Tessa nicht mehr in diesem Haus putzte, schrieb ihr die alte Dame zum Geburtstag und zu Festtagen Karten und Gedichte.

Ausbildung und Erfolge der Kinder

Tochter Sabine machte Abitur und besuchte eine Handelsschule. Ihren Abschluss machte sie mit Auszeichnung. Danach machte sie eine Ausbildung zur Sekretärin. Ihr Arbeitsplatz war in der Rechtsabteilung einer großen Firma. Auch hier bekam Sabine nach zweijähriger Lehrzeit eine Auszeichnung. Sie verdiente gut und unterstützte Tessa finanziell. Zwei Jahre nach erfolgter Ausbildung fand Sabine eine neue Stelle als Sekretärin. Felix ging nach Abschluss der Realschule ins Technische Gymnasium und machte dort seine Fachhochschulreife. Wissbegierig wie er für andere Länder und Kulturen war, ging er sechs Monate nach Australien. Nach seiner Rückkehr trat er seinen Zivildienst beim DRK an. Als er diesen absolviert hatte ging er wieder für ein halbes Jahr nach Australien. Danach begann er eine Schreinerlehre. Ursprünglich wollte Felix Architektur studieren. Er hatte einen Studienplatz in München bekommen, konnte ihn jedoch nicht annehmen, weil Tessa dies finanziell nicht möglich war. Als dann ein Studienplatz in Stuttgart möglich war, hatte Felix den Wunsch zu studieren aufgegeben. Er bestand seine Gesellenprüfung mit Auszeichnung. In der gesamten Zeit des Zusammenwohnens von Tessa mit den Kindern waren sie sehr selbstständig. Sie konnten kochen und backen und haben Tessa oft überrascht mit den tollsten Gerichten oder selbstgebackenem Kuchen, wenn sie müde von der Arbeit nachhause kam.

Trügerische Ruhe

Es hätte schön sein können, wenn Thomas endlich Ruhe gegeben hätte. Eines nachts rief Thomas wieder, wie schon oft, Tessa in ihrer Firma an. Telefonterror mit den allerübelsten Beschimpfungen. Sie machte eine Strichliste für die eingehenden Anrufe. Nach dem fünfzigsten Anruf hörte sie auf zu zählen. Am nächsten Tag ging sie zum Anwalt um ihm dies mitzuteilen. Thomas bekam einen Brief vom Anwalt. Inhalt: Jeder weitere Anruf wird mit DM 250.- belegt und gleichzeitig wird Anzeige wegen Körperverletzung erstattet! Diesen Brief hatte Thomas wohl aufmerksam gelesen, denn danach unterließ er seine nächtlichen Anrufe.

Harmonie

Ab 1981 war Tessa wieder tagsüber bei ihrer Firma tätig und hatte endlich mehr Zeit für Besuche bei ihrer Mutter. Es fanden sehr schöne Gespräche statt. Grundsätzlich durfte sich Tessa bei ihren Besuchen ihr Lieblingsgericht wünschen. Tessas Mutter war auch im Alter noch eine gute Köchin und konnte auch gut backen. Apfelstrudel war auch eine von Mamis Spezialitäten. Dann wurde gern über die alte Heimat Ungarn erzählt. Wie es halt so war. Die Menschen waren sehr genügsam. Im Sommer wurde alles was geerntet wurde eingekocht, eingedünstet und haltbar gemacht. Getrocknete Hülsenfrüchte in Leinensäckchen gefüllt und in der Speisekammer an Regale gehängt. Tomaten eingekocht und Paprikaschoten mit geschnittenem Kraut gefüllt und sauer in großen Steinguttöpfen eingelegt. Vorratshaltung war sehr wichtig. Dies hat Tessas Mutter auch hier in Deutschland beibehalten, solange sie noch ihren Garten hatte. Während der Traubenlese wurden die schönsten Trauben abgeschnitten und in der Speisekammer an Regalen aufgehängt. Am Traubenstiel wurde eine Kartoffel angebracht. Aufgrund dieser Flüssigkeit blieben die Trauben länger frisch. Bei diesen Besuchen und den liebevollen Gesprächen hat Tessa viel von ihrer Mutter gelernt.

Traurige Nachricht

1982 verstarb Tessas Mutter an einem Herzinfarkt. Plötzlich fühlte sich Tessa verlassen. Natürlich waren die Kinder da und dies war ihr ein sehr großer Trost. Aber die Tatsache, dass nun beide Eltern verstorben waren, war ein großer Einschnitt in Tessas Gefühlsleben. Das Elternhaus war stets ihr Anker gewesen, denn sie konnte mit all ihren Sorgen und Nöten immer nachhause kommen. Bruder Fred übernahm das Elternhaus und zahlte Tessa ihren Anteil aus. Dieses Geld nahm Tessa als Anzahlung für eine Zwei-Zimmer-Wohnung. Ihr Plan war, selbst einzuziehen, wenn die Kinder selbstständig wären. Die Wohnung war vermietet. Die Miete reichte nicht, um den Zins und die Tilgung zu begleichen und sie musste nach relativ kurzer Zeit die Wohnung leider wiederverkaufen.

Versäumnis und Neuanfang

Das Langzeitgedächtnis macht Tessa in schlaflosen Nächten immer noch große Probleme. Ach, hätte ich mir doch noch mehr Zeit für die Mami genommen, die sich nach dem Ableben von Papa oft allein gefühlt hatte. Ach, hätte ich doch meine Kinder besser geschützt vor den ganzen Streitigkeiten. Ach, hätte ich doch... Sohn Peter machte nach seiner Lehre zum Feinmechaniker eine zweite Ausbildung zum Zahntechniker. Er heiratete 1985 seine liebe Freundin und sie bekamen nacheinander zwei Mädchen. Tüchtig und fleißig wie Peter war, machte er sogar eine dritte Ausbildung zum Schreiner und baute sich sein eigenes Haus. Thomas drängte sich auf, die Bauleitung zu machen. Vielleicht war dies seinerseits eine erste Einsicht helfen zu müssen, um die Vernachlässigung und vielen Versäumnisse gegenüber seinen Kindern auszugleichen.

Sabine und Felix waren volljährig und selbstständig. Daraufhin suchte sich Tessa eine neue Wohnung im September 1990. Es war eine schöne Zweizimmerwohnung im Dachgeschoss eines Sechsfamilienhauses. Eine freundliche, umgängliche Hausgemeinschaft tat Tessa sehr gut. Sie fühlte sich sofort wohl in dem gepflegten Garten mit Blumen und Bäumen rund ums Haus. Ein älteres Ehepaar wurden ihre Freunde, die gelegentlich Tessas Hilfe bedurften, die sie ihnen gern gewährte. Tessa war zur Ruhe gekommen und entdeckte ihre Begabung und ihr Interesse zu malen. Es entstanden viele Acrylbilder. Eines davon wurde für die Titelseite dieses Buches ausgewählt. Rote Rosen... Die früheren Sorgen um die Kinder und deren Grundbedürfnisse zufriedenzustellen, ließen Tessa weder Zeit noch Raum, eigene Wünsche und Bedürfnisse zu empfinden oder zu verwirklichen. An einem sonnigen Sommertag ging Tessa mit ihrem Sohn Felix zum Essen. Sie sprachen unter anderem über die schlimme Zeit mit Thomas. Felix meinte: „Mama, weißt Du noch wie alles war?" Darauf sagte Tessa: „Alles im Detail!" Und Felix erwiderte: „Dann schreib doch ein Buch!" Tessas Selbstbewusstsein war zu dieser Zeit noch auf der Skala in Richtung „Null" und der Mut für eine Biografie war nicht vorhanden. Im Hinterkopf blieb jedoch der Gedanke, dass sie auf dieses Gespräch mit Felix bei passender Gelegenheit zurückkommen würde.

Enkelglück

Tochter Sabine bekam mit ihrem Lebenspartner 1992 ihr erstes Kind. Ein süßes, kleines Mädchen. Da Tessa ganz in ihrer Nähe wohnte, konnte sie oft die Betreuung übernehmen. Das zweite Kind von Sabine war 1997 ein Junge. Die Betreuung der Kinder hatte sich gut eingespielt. Die Kinder erfreute es, wenn Tessa mit ihnen sang und spielte. Eines ihrer Lieblingslieder war: Der Mond ist aufgegangen. Die Eltern schätzten Tessas Hilfe sehr und es war eine große Erleichterung für sie, wenn die Kinder von der Oma betreut wurden. So konnten sie entspannt ihrer Arbeit nachgehen. Als die Enkelkinder älter wurden kochten sie gern mit Tessa in deren Wohnung und backten und bastelten. Dies mögen Kinder besonders gern. Was gebacken wurde, durften sie mit nachhause nehmen. Tessa war auch viel in der Natur mit ihnen unterwegs. Im Sommer im Schwimmbad und im Winter beim Schlittenfahren. Heute sind sie erwachsen und erinnern sich immer noch gern an diese schöne Zeit. Es verbindet sie mit Tessa immer noch ein inniges Verhältnis und oft wird über diese Kindergeschichten erzählt und gelacht.

Tessa begann eine Ausbildung zur Fußpflegerin. Ihr normaler Verdienst war immer gering und sie wollte sich etwas dazu verdienen. Sie war fünfundfünfzig Jahre alt und die älteste Teilnehmerin in diesem Kurs. Nach bestandener Prüfung und Anschaffung der erforderlichen

Geräte und Instrumente meldete sie ein Gewerbe an und machte Hausbesuche bei älteren Menschen die nicht mehr in der Lage waren, eine Fußpflegepraxis aufzusuchen. Diese Tätigkeit machte ihr große Freude. Sie war schon immer hilfsbereit und ihre älteren Kunden waren sehr dankbar für Besuche und die Pflege von Tessa. Außerdem machte Tessa eine Ausbildung in Fußreflexzonenmassage. Eine nützliche Ergänzung zur Fußpflege. Wer mal eine solche Behandlung erlebt hat weiß, wie wohltuend und auch heilend diese sein kann.

Zweisamkeit gewünscht

1995 las Tessa unter der Rubrik „Partnersuche" ein Inserat das sie ansprach.

„Er, 57, sozialer Beruf, gesichertes Einkommen, wünscht sich Partnerin für gemeinsame Unternehmungen. Hobby: Radfahren, wandern." Tessa überlegte eine Woche bis sie auf diese Anzeige antwortete. Nach dem ersten Treffen mit Erwin wurden weitere Termine verabredet und es entstand eine Freundschaft. Sie unternahmen viele gemeinsame Wanderungen und Radausfahrten. Der neue Bekannte wohnte in einem großen Haus mit Garten an einem Bach. Es wurde eine Wochenendbeziehung da beide noch berufstätig waren und Tessa noch in die Betreuung ihrer Enkelkinder eingebunden war, die sie keinesfalls aufgeben wollte.

Sie unternahmen gemeinsame Urlaube bei getrennter Kasse. Darauf legte Erwin großen Wert. Tessa hatte dies manchmal erstaunt, denn an Wochenenden machte sie Erwins Wäsche und den Haushalt und war in die Gartenarbeit eingebunden. Erwin war sehr reisefreudig und schon im Jahr ihres Kennenlernens machten sie einen größeren gemeinsamen Urlaub in die Steiermark. Ein Hobby von Erwin war das Drechseln in seiner perfekt eingerichteten Werkstatt. Die Beschaffung des Holzes wurde mit diesem Urlaub verbunden. In der Steiermark kannte er ein Zimmergeschäft, das auch Holz aus Ungarn bezog. Ganz besonders wertvoll war für ihn das Holz der ungarischen schwarzen Pappel und von dieser das Wurzelholz. Dieses Holz hatte eine ganz außergewöhnliche Maserung und war schwer zu bearbeiten.

Da Erwin wusste, dass Tessa in Ungarn geboren war, bot er ihr einen Abstecher in ihren Geburtsort an, worüber sie sich ganz besonders freute. Tessas Geburtsort war ein Straßendorf auch Reihendorf genannt im ländlichen Bereich. Eine Durchgangsstraße und beidseitig Häuser. Entlang der Straße war ein Graben und Blumenbeete. Zu dieser Jahreszeit blühten wunderschöne Lilien in verschiedenen Farben. Tessa wollte gern ihre Taufkirche besuchen, die leider verschlossen war. Sie traf zwei Männer vor der Kirche und erfuhr, dass die Mesnerin den Schlüssel für die Kirche verwahrte. Sie machte die Mesnerin ausfindig und diese ging mit Tessa zur Kirche. Die Kirche war neu renoviert und sehr schön. Tessa setzte sich in die erste Bank, betete und bestaunte die eindrucksvollen Malereien. Nach diesem sehr beeindruckenden Erlebnis wünschte sich Tessa, ihr Geburtshaus zu besuchen. Tessas Elternhaus lag nicht an der Durchgangsstraße, sondern abseits in den Weingärten. Sie wusste noch genau den Weg dahin. Das Haus stand noch, aber es sah auf den ersten Blick unbewohnt aus. Der Garten war etwas verwildert. Tessa klopfte im Nachbarhaus an. Eine junge Frau öffnete die Tür und Tessa stellte sich vor und fragte mit ihrem spärlichen ungarisch ob das Nebenhaus noch bewohnt sei. Sie erzählte, dass sie in diesem Haus geboren sei und es gern besichtigen würde. Die junge Frau war erstaunt, hatte Tessa aber verstanden und sagte, sie hätte den Hausschlüssel und würde Tessa gern begleiten.

Das war eine Überraschung. Die junge Frau ging mit Tessa und öffnete ihr die Eingangstüre. Tessa betrat ganz langsam das Haus. Sie hatte die Einteilung noch genau im Gedächtnis. Es hatte sich nichts verändert. Die beiden Stuben und die Wohnküche mit dem großen Fenster. Tessa war sehr gerührt und konnte die Tränen nicht mehr zurückhalten, denn die Erinnerungen kamen schlagartig zurück. Sie verweilten eine geraume Zeit indem sie von einer Stube in die andere gingen.

Tessa war es, als ob sie Moritz bellen hörte und das Pferd im Stall rumoren. Tessa bedankte sich bei der jungen Frau, die auch sichtlich gerührt war. Im Garten blühten noch üppig die Rosen und Tessa durfte sich eine rote Rose pflücken als Erinnerung. Ein schönes Urlaubserlebnis. Zuhause angekommen trocknete Tessa die Rose und bewahrte sie in einem Glas mit Schraubverschluss viele Jahre lang als Andenken auf. In wessen Besitz das Anwesen von Tessas Eltern heute ist, konnte sie nicht in Erfahrung bringen.

Ein sehr schöner Urlaub war zu Ende und daheim angekommen wurden Tessa und Erwin vom Alltag eingeholt. In Erwins Haus musste einiges renoviert werden. Es war schon in die Jahre gekommen. Zudem war eine Veränderung der Einrichtung dringend nötig. Tessa war anfänglich begeistert von der Idee, etwas neu zu organisieren und zu gestalten. Grundsätzlich machte es ihr viel Freude, doch nach und nach wurde daraus Schwerstarbeit. Im Laufe der Zeit sprach Erwin immer wieder vom „Zusammenziehen." Tessa könnte sich die Miete sparen, da in seinem großen Haus doch Platz genug wäre für sie beide. Solange Tessa berufstätig war wurde dieses Thema verschoben. Sie versprach Erwin aber, sich dies zu überlegen. Im Jahr 2000 war sie sechzig Jahre alt und ging in Rente. Sie war über dreißig Jahre beim gleichen Arbeitgeber angestellt. Die letzten sieben Jahre war sie im Personalrat tätig.

Neue Probleme

Zeichen erkennen, Zeichen nicht erkannt

Erwin hatte Zeiten, in denen er sich angeblich nicht wohl fühlte. In kleineren und größeren Abständen teilte er dies Tessa am Telefon mit und wollte an diesen Tagen keinen Besuch und auch nichts mit ihr unternehmen. Dies war für Tessa noch kein besonderer Grund zur Sorge. Jeder Mensch fühlt sich zwischendurch mal unpässlich. Im Nachhinein weiß Tessa, diese Zeichen hätte sie erkennen sollen. Erwin hatte Depressionen. Warum und weshalb? Keine Ahnung. Manchmal kam Tessa der Gedanke ob es sein schlechtes Gewissen war im Zusammenhang mit dem Ableben seiner Frau?

Im Zeitraum von zwölf Jahren wurde von Erwin zum wiederholten Male das Thema Zusammenziehen angesprochen. Tessa willigte ein mit der Bedingung einer finanziellen Absicherung, wenn sie ihre Wohnung aufgibt. Erwin stimmte sofort zu und machte einen Notartermin. Erwin und Tessa gingen im Februar 2007 gemeinsam zum Notar. Die Vereinbarung lautete: Falls Erwin vor ihr stirbt, bekommt Tessa ein Jahr Wohnrecht und 50.000.-- € Bargeld für einen Neustart. Erwin unterschrieb diese Vereinbarung im Beisein von Tessa allein. Diese Unterlagen verwahrte Erwin in seinem Tresor. Tessa versäumte leider, eine Kopie zu fordern. Dies war Vertrauen pur, um nicht zu sagen eine unverzeihliche Gutgläubigkeit. Wunsch zur damaligen Zeit war –mindestens von Tessas Seite- gemeinsam ihren Lebensabend zu meistern. Im April 2007 löste Tessa ihren Haushalt auf und zog zu Erwin. Sie veranstalteten ein kleines Willkommensfest mit Freunden und Nachbarn. Es fühlte sich für Tessa gut an. Sie verbrachten gemeinsame Urlaube. Erwin liebte Bayern und so waren ihre Ausfahrten und Urlaube meistens in diesem Bundesland. Sie kannten jeden See und viele Wanderwege. Mit dabei waren immer ihre Fahrräder und es wurde viel geradelt. Es war eine sehr schöne, abwechslungsreiche Zeit.

Nach und nach veränderte sich die Situation. Tessa bemerkte, dass Erwin vermehrt Medikamente einnahm und sie bat ihn um Auskunft darüber. Plötzlich kamen Krankheiten zum Vorschein, die vorher nicht erwähnt wurden. Erwin hatte Diabetes, hohen Blutdruck, eine Herzschwäche, hohen Cholesterin und Depressionen. Dies war für Tessa eine Ernüchterung. Während den Wochenend-Begegnungen war diese Situation für Tessa nicht ersichtlich und ihr von Erwin nicht erwähnt worden. Dieses Gespräch war Erwin sichtlich unangenehm, denn Tessa machte ihm einen Vorwurf, weil er sie darüber in Unkenntnis gelassen hatte. Daraufhin fand eine Veränderung seinerseits statt. Er war plötzlich Hausherr und alleiniger Bestimmer, denn es war ja sein Haus. Getrennte Kasse sowieso. Trotzdem begannen sie mit den Renovierungen. Dabei stieß sie dann an ihre körperlichen Grenzen. Der kleine Bach der das Grundstück säumte, wurde bei einem Unwetter zum reißenden Strom und im Untergeschoß des Hauses stand das Wasser 40 Zentimeter hoch. Dies war im Lauf der Jahre zweimal passiert. Das Wasser wurde zwar von der Feuerwehr ausgepumpt, doch Schlamm und Gestank blieben zurück. Ärmel hochkrempeln und miteinander anpacken war die Devise. Da kam auch Erwins Sohn und war behilflich. Es wurde viel entsorgt und danach musste wieder renoviert werden. Erwin hatte zu seinem einzigen Sohn, zu seiner Schwiegertochter und den Enkelkindern kein sehr herzliches Verhältnis. Tessa hatte immer wieder versucht, Besuche mit dem Sohn und dessen Familie zu organisieren, um im Gespräch zu bleiben. Die wahre Ursache dieser Zurückhaltung war nicht zu erkennen. Erwins ganzes Verhalten blieb für Tessa immer ein Geheimnis, denn Probleme wurden nicht besprochen. Ein solches Verhalten hatte Tessa schon mit ihrem geschiedenen Mann durchlebt. Besonders schwer war die Holzarbeit. Tessa trug meterlange, schwere Holzscheite vom Hofraum in die Werkstatt zur Säge. Das Holz wurde zum Heizen des Ofens gebraucht. Anfänglich ging dies noch recht flott bis Tessa aufgrund totaler Überlastung versagte. Sie bekam eine Blasen- und Scheidensenkung und fiel für lange Zeit aus.

Wie es der Zufall will, sah Tessa 2013 im Fernsehen einen Bericht über Vermögensverhältnisse. Auch unverheiratete Partner sollten gegenseitig Einblick in persönliche Unterlagen haben. Daraufhin sprach Tessa Erwin an und bat ihn um ein Gespräch. Sie wollte ihm ihre persönlichen

Unterlagen zeigen, damit er bei Bedarf Bescheid wisse. Gemeint waren Patientenverfügung und Vollmacht für ihre Tochter Sabine. Tessa wünschte, dass Erwin ihr auch seine Unterlagen zeigen sollte. Der einzige Sohn Erwins wohnte weiter entfernt und war bei einem eventuellen Notfall sicher nicht leicht erreichbar und Tessa die erste Ansprechpartnerin.

Erwin kam ins Schwitzen. Er suchte und suchte und kam plötzlich zu dem Ergebnis, dass seine Unterlagen nicht auffindbar waren. „Ja wie, fragte Tessa? Die Unterlagen waren nach Deinen Angaben im Tresor und bei uns wurde nicht eingebrochen. Wir suchen bis wir sie finden." Damit hatte Erwin nicht gerechnet. Die Unterlagen kamen zum Vorschein. Tessa setzte sich an Erwins Schreibtisch und las und las und wurde ganz still. Erwin hatte ohne Tessas Wissen einen Notartermin vereinbart und die gemeinsam getroffene Vereinbarung rückgängig gemacht. Wenn Tessa dies nicht bemerkt hätte wäre sie, falls Erwin vor ihr verstorben wäre, ohne Wohnung und ohne Geld für einen Neuanfang dagestanden. Zwei Tage war Tessa sprachlos. Zwei Nächte hatte sie kaum geschlafen. Dann teilte sie Erwin ihren Auszug mit, denn dieser Vertrauensbruch war nicht zu verzeihen. Erwin sagte zu, sofort wieder einen Notartermin zu machen um alles auf die vorherige Vereinbarung zu bringen. Tessa war nicht mehr gesprächsbereit.

Tessa wurde bewusst: Welcher Nutzen hätte der Mensch,

wenn er die ganze Welt gewönne und verlöre sich selbst oder nähme Schaden an sich selbst. Lukas 9,25.

Tessa war in ihrem tiefsten Innern verletzt. Erwin kannte ihre Vorgeschichte, sie hatte vollstes Vertrauen zu ihm. Er wusste Bescheid über die schlimme Zeit mit ihrem geschiedenen Mann, der sie schlecht behandelt hatte, um es gelinde auszudrücken. Gerade deshalb war diese Situation ein unglaublicher Schock und demütigend für sie. Wieder mal wurde sie betrogen. Sie fragte sich: Wie naiv kann ein Mensch sein, um so gravierende Zeichen nicht zu erkennen? Es folgten längere Gespräche, jedoch für Erwin ohne Erfolg. In Tessa war wieder viel zerbrochen. Ein weiterer Lebensabschnitt, der ihr Leben negativ prägte. Sie suchte sich eine Wohnung. Dies war nicht einfach, weil Erwin sie überwachte, sobald sie sich an ihren Computer setzte um Anzeigen zu sichten. Sie war bemüht, schnell eine Wohnung zu finden, denn in den folgenden Nächten schlief sie schlecht und hatte sie Angst vor Erwin.

Tessa hatte unglaubliches Glück, denn sie fand im August 2013 ein für sie passendes Wohnungsangebot. Zwanzig Bewerber waren bei der Besichtigung des Objekts gleichzeitig anwesend. Tessa gab ihre handschriftliche Bewerbung ab und ging mit dem Hinweis: „Wenn ich die Wohnung bekomme bin ich dankbar". Das war an einem Samstag. Am Montag rief der Vermieter bei Tessa an und sagte: „Sie sind in der engeren Auswahl an erster Stelle.

Sie können die Wohnung haben!" Tessas Söhne Peter und Felix meisterten den Umzug und auch Erwin war ihr behilflich. Tessa wollte alles in Ruhe regeln. Es waren immerhin achtzehn gemeinsame Jahre mit viel Arbeit aber auch mit viel Freude. Viele gemeinsame Erinnerungen an die Betreuung von Tessas Enkelkindern, die Erwin sehr gemocht hatten.

Erwin machte Tessa nach ihrem Auszug einen Heiratsantrag: In seinem Wohnzimmer erstellte er einen Altar mit Holzkreuz, Kerzen und roten Rosen. Mit einem Kniefall versprach er Tessa einen Neuanfang. Auch darauf ging Tessa natürlich nicht mehr ein. Er hatte das Testament geändert. Es lautete: Lebenslanges Wohnrecht mit allem Inventar. Dies war für Tessa kein Thema mehr. Was ist schon Geld, wenn die Seele weint. Erwin bedauerte immer wieder sein Verhalten indem er sagte, er könne sich sein Handeln nicht erklären. Vielleicht schon dement? meinte Tessa, ohne es auszusprechen. Oder, wurde er von Familienangehörigen beeinflusst, sein Testament zu ändern, was er Tessa nicht eingestehen wollte? Tessa traf sich immer wieder mit Erwin um eventuelle Aggressionen schon im Keim zu ersticken. Ihre neue Wohnung durfte Erwin nicht mehr betreten, woran er sich gehalten hatte. Als Erwin bewusstwurde, dass sich sein Wunsch, Tessa möge zurückkommen, nicht erfüllte, wurde er krank. Er hätte sich einer Herzoperation unterziehen sollen, die er ablehnte. Er kam ins Krankenhaus und wurde von Tessa besucht und betreut.

Erwin verstarb im Jahr 2016 mit achtzig Jahren. Bei der Beerdigung von Erwin waren der Sohn von Erwin, dessen Familie und Tessa noch in freundlichem Gespräch. Zwei Wochen später bat Erwins Sohn Tessa um ein Treffen, dem sie sofort zustimmte. Der Sohn besuchte Tessa und brachte ihr Post. Ein Brief vom Notariat der an Tessa adressiert war. Inhalt war das Testament. Er sagte, er hätte diesen Brief versehentlich geöffnet. Dies war eine strafbare Handlung, die Tessa auch später aus Angst vor ihm nicht anzeigte. Seine Worte waren: "Das liest Du jetzt und damit Du weißt, dagegen gehe ich an." Tessa war überrascht über diesen barschen Ton. Sie beide hatten bis dahin eine nicht gerade herzliche, aber respektvolle Verbindung. Tessa hatte sich immer wieder bemüht, Vater und Sohn, zwei Sturköpfe, für gemeinsame Gespräche zu erwärmen. Tessa war es plötzlich schlecht und sie bat den Sohn zu gehen, denn sie wollte nicht weiter mit ihm sprechen. Als der Sohn gegangen war, las sie in aller Ruhe das Testament. Sie vereinbarte unmittelbar einen Termin beim Anwalt und verzichtete auf alles aus Angst, dass ihr der Sohn Schwierigkeiten bereiten würde.

Neue Wohnung

45 qm die glücklich machen. Als Tessa aus dem großen Haus von Erwin in die kleine Wohnung kam, war sie erstaunt wie wenig Platz ein Mensch zum Leben braucht. Im Haus von Erwin waren sieben Zimmer, zwei Bäder, drei Balkone und außerdem ein großer Garten. In ihrer kleinen Küche hängt seit dem ersten Tag ein tröstender Spruch: "Glück ist, zu begreifen, wie wenig ich brauche und wie viel ich habe!"

2013. Kurz nach ihrem Einzug in die neue Wohnung ging es Tessa schlecht. Die seelische Belastung, die Wohnungssuche, der Umzug und nicht zuletzt die Geldsorgen waren einfach zu viel. Sie bekam Nasenbluten das nicht mehr zu stillen war. Ihre Nachbarn, völlig fremde Menschen hatten sich liebevoll um sie gekümmert indem sie sich mit dem Hausarzt in Verbindung setzten und diesen um Rat fragten. Der Blutdruck war zu hoch. Freitagabend: Tessa fuhr mit dem Taxi in die Notfallpraxis. Ihr Blutdruck senkte sich auch nach mehreren Injektionen erst ganz langsam und Tessa hatte große Angst. Das Personal in der Praxis sagte, sie sollte in dieser Nacht nicht allein sein. Es wurde ihr angeboten ein Nachtlager für sie einzurichten. Dies beruhigte Tessa und nach einer weiteren Injektion senkte sich der Blutdruck und sie konnte nachhause. Der Auslöser dieser Attacke war wohl wieder mal Stress.

Sorgen im verwandtschaftlichen Umfeld

Noch ein weiterer, betrüblicher Anlass kam auf Tessa zu

Tessas Bruder Fred verstarb mit sechzig Jahren an Leukämie. In der schwersten Zeit seiner Krankheit bat er Tessa: "Sei Du so gut und kümmere Dich um meine Tochter Rosi und halte die Familie zusammen." Tessa hatte ihm dies versprochen.

Die älteste Tochter von Tessas Bruder Fred, Daniela, verstarb bei der Geburt von Zwillingen. Die Zwillinge wurden in die Familie von Fred aufgenommen. Rosi, zweite Tochter von Tessas Bruder Fred, war MS Krank. Bereits mit neunzehn Jahren war sie auf den Rollstuhl angewiesen. Rosi lernte über ein Zeitungsinserat einen Mann kennen. Er war neuapostolisch. Er war ebenfalls MS-krank und hatte angeblich Verständnis für Rosis Situation. Sie zog zu ihm nach Norddeutschland. Für die geplante Heirat musste sie zu seinem Glauben konvertieren. Es war wohl Liebe auf den ersten Blick. Die Fürsorge für Rosi war Tessa ein Herzensbedürfnis, auch weil sie ihrem Bruder das Versprechen gegeben hatte. Die Familie zusammen zu halten war ihr leider nicht möglich. Der Wunsch eines Zusammenhalts hatte seitens der Familie nicht bestanden.

Grundsätzlich war es Rosis Wunsch: Weg von zu Hause um jeden Preis. Sie war glücklich als ihr dies durch ihre Heirat gelungen ist. Gespräche die Tessa mit dem zuständigen Amt führte, waren nicht nur ernüchternd, sondern beschämend. Eine Begebenheit war, dass Rosis Mutter, wenn sie das Haus verließ, die Haustüre absperrte. Somit konnte Rosi keinen Besuch empfangen. Vom Amt folgende Worte zu Tessa: Bitte sorgen Sie dafür, dass Rosi aus dieser Familie rauskommt, denn die Verhältnisse sind menschenunwürdig. Rosi hatte ihr Befinden dem Amt wohl selbst mitgeteilt. Sie hatte versucht sich das Leben zu nehmen indem sie den Gashahn aufgedreht hatte. Sie wurde noch rechtzeitig gefunden und Schlimmeres abgewendet. Dies hatte Tessa nicht von Rosis Mutter erfahren, sondern von einer Sachbearbeiterin des Amtes.

Der Umzug nach Norddeutschland und die folgende Heirat hatten für Rosi große Bedeutung. Rosi schien anfänglich in ihrer jungen Ehe glücklich. Dieses Glück hielt nicht lang, denn ihr Mann war gewalttätig. Es gab Streit und er schlug Rosi. Obwohl Rosi auf den Rollstuhl angewiesen war schaffte sie es, sich zu entfernen und kam bis auf die Straße. Ihr Mann holte sie zurück. Als er Rosi wieder schlug schaffte sie es, weiter wegzufahren und kam bis zu einer Brücke wo sie sich unterstellen konnte. Ein fremder Mann, der spät abends mit seinem Hund spazieren ging, fand Rosi völlig aufgelöst und nahm sie mit zu sich nachhause.

Er ging am nächsten Tag zum dortigen Amt. Rosi wurde eine neue Wohnung zugewiesen und eine Betreuerin zur

Seite gestellt. Die Scheidung wurde eingeleitet und ihr Retter wurde ihr neuer Freund und später ihr Mann. Leider erkrankte er an Krebs, woran er dann viel zu früh verstarb. Rosi konnte nicht mehr allein in der Wohnung bleiben und kam in ein Heim. Das Heim sollte aufgelöst werden und die Frage war, was mit den jeweiligen Heimbewohnern geschehen soll. Rosi äußerte den Wunsch, sie wolle zurück in ihre alte Heimat und in die Nähe ihrer Familie und ihrer Tante Tessa. Geldmangel war noch immer ein Thema. Tessa organisierte in ihrer Familie und bei Freunden eine kleine Spendenaktion um Rosi zu unterstützen. Rosis Betreuerin übernahm die Organisation des Umzugs. 2009 kam Rosi in ein Heim in der Nähe ihrer Familie.

2010 bat Rosi ihre Betreuerin, sie möge bitte ihre Tante Tessa suchen. In der Zeit als Rosi in Norddeutschland wohnte fanden kaum noch Telefonate zwischen Rosi und Tessa statt. Das Sprechen fiel Rosi immer schwerer und am Telefon war sie kaum noch zu verstehen.

Tessa wurde 2010 von Rosis Betreuerin ausfindig gemacht was für Rosi große Freude bedeutete. Rosis Familie war total überrascht. Rosis Mutter fragte Tessa: „Wer wollte eigentlich, dass Rosi wieder hierherkommt?" Antwort von Tessa: „Noch kann Rosi dies selbst entscheiden!" In mehreren Gesprächen zwischen der Betreuerin und Rosi ergab sich eine neue Regelung. Wunsch der Betreuerin und mit Zustimmung von Rosi war:

Tessa soll die Betreuung übernehmen. Die Entfernung war für die Betreuerin zu groß um noch genügend Einblick in das Geschehen vor Ort zu haben. Dieser Wunsch fiel der Betreuerin nicht leicht, denn Rosi war ihre längste zu Betreuende gewesen, ganze zwölf Jahre. Tessa musste nicht lang überlegen. Rosis Befinden lag ihr sehr am Herzen. Rosi und Tessa waren schon vor Rosis Umzug nach Norddeutschland ein gutes Team. Tessa konnte sie ihre kleinen und großen Sorgen anvertrauen. Notariell wurde vereinbart: Die Betreuerin regelt alles Finanzielle und Schriftliche und Tessa übernimmt ehrenamtlich die Gesundheitsfürsorge mit einer Aufwandsentschädigung. Notariell korrekt. In Absprache mit der Betreuerin bekam Rosi einen neuen Fernsehapparat und einen neuen Kleiderschrank. Rosis Zimmer wurde neu gestrichen und Tessa besorgte Vorhänge und gestaltete Rosis Zimmer freundlich. Dies war sehr wichtig, denn sie war gezwungenermaßen sehr viel in ihrem Zimmer. Nach weiteren Erkenntnissen kamen die Betreuerin und Tessa zu dem Entschluss, dass eine ortsnahe Betreuung nützlicher wäre. Daraufhin wurde ein neuer Betreuer bestellt mit der Maßgabe, dass Tessa weiterhin für die Gesundheitsfürsorge zuständig sei.

Dies war vom Amt aus finanziellen Gründen nicht sehr gern gesehen. Eine Betreuungsperson sollte reichen. Rosis Betreuerin hatte es mit überzeugenden Argumenten durchgesetzt. Obwohl sie die Betreuung abgegeben hatte, hielt sie die Verbindung zu Rosi und Tessa weiterhin aufrecht. Es war ihr ein Herzensangelegenheit wie sie in Telefongesprächen immer wieder betonte. Rosi gefiel es in ihrer neuen Umgebung nicht wirklich. Von der Familie und Freunden hatte sie mehr Besuche erwartet. Tessa organisierte Familienbesuche. Diese Möglichkeit hatte Tessa vom Heimleiter erfahren. Einmalig monatlich wurde eine Heimfahrt mit Taxi von der Krankenkasse genehmigt. Anfänglich lief es gut an, doch der Wunsch der Begegnung seitens Rosis Familie, wurde immer weniger. Tessa besuchte Rosi 14-tägig. Bei Bedarf und in dringenden Fällen auch noch zwischendurch.

Um Rosi näher bei sich zu haben, hatte sich Tessa um einen neuen Heimplatz in der Nähe ihres Wohnortes bemüht. Sie hatte Glück. Rosi bekam ein Einzelzimmer in der MS-Abteilung. Am 1. August 2013 fand mit vereinten Kräften der Umzug statt. Der Betreuer bestellte zwei Männer für die schwere Arbeit. Tessa und Tochter Sabine packten den Rest ein. Rosi hatte sich in ihrem neuen Zuhause gut eingelebt. Sie hatte nach kurzer Zeit einen netten Bekannten. Dieser wohnte im Nebenhaus und sie konnten sich täglich sehen. Wenn Ausflüge geplant wurden war Tessa immer mit dabei. Ob Zahnarzt, Friseur oder Einkäufe, wurde alles gemeinsam mit der Leiterin und Rosi besprochen und ausgeführt. Tessa und die Leiterin der MS-Abteilung hatten eine gute Verbindung aufgebaut. Sie konnten über alle Bedürfnisse und Wünsche von Rosi sprechen. Zum Teil waren auch schwierige Themen dabei. Grundsätzlich ist die Familie der Bewohner für die Beschaffung der Kleidung zuständig. Rosi wurde vom Fundus des Heims versorgt bis die Leiterin den Betreuer bat, Bekleidungsgeld für Rosi zu beantragen und dies dann auch zum Glück funktionierte. Dies trug dazu bei, dass Rosi aufgeschlossen und fröhlich war, wenn sie regelmäßig die erforderliche, neue Kleidung bekam. Ein Merkmal ihrer Krankheit war: Fröhliche Gelassenheit trotz der vielen Medikamente und Schmerzen. Rosi war in diesem Haus gut versorgt und bestens gepflegt. Sie hatte keine offenen Hautstellen mehr wie im Heim zuvor. Dies rechnete Tessa der Heimleitung und dem gesamten Personal hoch an.

Tessa widmete der Heimleiterin in der Weihnachtszeit folgendes Gedicht, worüber sie sich sehr freute und sichtlich gerührt war.

Engel

Nicht immer haben Engel Flügel, weißes Gewand und goldenen Stern. Manchmal sind sie dem Himmel recht fern.

Ein Engel sagt nie: „Ich habe keine Zeit!" Er ist zur Hilfe stets bereit. So ein Engel sind Sie.

Verfasser unbekannt.

Die Heimleiterin antwortete: „Diesen Beruf, kranke Menschen zu betreuen, muss man lieben oder man zerbricht daran."

Was für die Heimleiterin unverständlich war, dass Rosis Mutter in der ganzen Zeit während Rosis Aufenthalt in diesem Heim kein Gespräch über Befinden, Betreuung und Versorgung ihrer Tochter Rosi gewünscht hat. Als die gesundheitliche Situation von Rosi immer schlechter wurde, hatte Tessa die Betreuung notariell abgegeben. Es ging um eine ganz wesentliche Entscheidung. Diese wollte Tessa nicht mittragen. Sie stand aber weiterhin jederzeit zur Verfügung. Rosi verstarb mit 56 Jahren. Sie hatte so viele Träume und Wünsche die nicht in Erfüllung gegangen sind.

Tessa hat viel Zeit und Liebe in die Betreuung von Rosi investiert und sie betrachtete jede Stunde als Geschenk. Manchmal war es sehr mühevoll, doch ein Lächeln von Rosi, wenn Tessa den Raum betrat machte alle Mühe vergessen. Diese Zeit der Betreuung war eine Bereicherung besonderer Art für Tessa. Rosi war immer sehr dankbar. Wenn Tessa an Rosis Grabstätte geht finden in Gedanken Gespräche statt: „Mein liebes Mädchen, ich hätte so gern mehr für Dich gemacht, jedoch es war einfach nicht möglich!" Während diese Zeilen niedergeschrieben wurden, meldete sich Rosis ehemalige Betreuerin bei Tessa um zu hören, wie es ihr ohne Rosi ergehe. Der Kontakt war auch nach Rosis Ableben nicht abgebrochen. Tessa und Rosis Betreuerin hatten sich nie persönlich kennen gelernt und trotzdem war noch immer eine herzliche Verbindung im gemeinsamen Gedenken an Rosi vorhanden. Als Tessa ihr mitteilte, dass an einer Biografie ihres, Tessas Leben geschrieben würde mit einem wesentlichen Anteil von Rosis Leben und deren Betreuung, teilte ihr die Betreuerin mit, dass sie bereits 2010 in ihrem Blog darüber geschrieben hatte welches Schicksal Rosi erleiden musste. Nach Rückfrage, ob dieser Bericht in der Erzählung über Tessas Leben erwähnt werden dürfe antwortete sie mit einem klaren „Ja." Es sei gut, dass man über Rosi schreibe, denn sie war ein ganz besonderer Mensch. Trotz Schmerzen und vieler Medikamente war sie immer fröhlich und dankbar. Im Blog der Betreuerin vom Juli 2010 nun folgender Text:

Versäumnisse

(Schriftsatz von Rosis erster Betreuerin, Frau Behrens, in ihrem Blog)

Es gibt immer wieder Situationen in denen man sich dessen bewusst wird, dass man etwas nicht getan hat, was unbedingt getan hätte werden müssen. Man schiebt etwas immer wieder vor sich hin. So ist es mir bei einer schwerkranken Betreuten passiert. Die Betreute ist Ende 40 und seit ihrem 15. Lebensjahr an Multipler Sklerose erkrankt. Mittlerweile hat sie die höchste Pflegestufe und benötigt bei nahezu allen Verrichtungen Hilfe und sie leidet ungeachtet der hohen Gabe von Medikamenten unter erheblichen Schmerzen. Trotz ihrer schweren Erkrankung hat sie vor etwa 10 Jahren ihre große Liebe kennengelernt und geheiratet. Aber dieses Glück währte nur kurz, denn ihr Mann erkrankte an Krebs und verstarb vor 5 Jahren. Ein Verbleiben in der eigenen Wohnung war nun nicht mehr möglich und ich suchte ein spezielles Pflegeheim für sie aus.

Meine Betreute ist in ihrer neuen Bleibe niemals wirklich heimisch geworden und da sie eigentlich aus einem anderen Bundesland stammt, vereinbarten wir den Wechsel in ein dortiges Heim. Meine Betreute versprach sich davon den Kontakt zu ihrer dort wohnenden Mutter, anderen Verwandten und früheren Freunden. Aber leider hat sich ihre Erwartung nicht erfüllt, denn die Mutter zeigte kein Interesse an Kontakt und hat ihre Tochter seit dem Einzug vor 8 Monaten nur ein einziges Mal besucht. Mir war immer bekannt, dass es auch noch eine Tante gibt, an der meine Betreute sehr hängt und die auch schon vor vielen Jahren den Vorschlag machte, dass ihre Nichte doch wieder in die Nähe ziehen sollte. Leider hatte ich keine aktuelle Telefonnummer und die Mutter meiner Betreuten war mir bei meiner Nachfrage wenig behilflich.

Und als ich jetzt einmal ein bisschen Zeit hatte, habe ich das getan, was ich eigentlich schon lange tun wollte, aber immer wieder verschoben hatte: ich setzte mich an den PC und ans Telefon, googelte und rief Leute mit dem bekannten Namen an um die Tante zu finden. Nach einigen Anlaufschwierigkeiten wurde ich auch fündig. Während die Mutter meiner Betreuten kaum Interesse zeigte, rief mich die Tante umgehend zurück und besuchte meine Betreute sofort. Die Tante meiner Betreuten war hochbetroffen darüber, wie schlecht es ihrer Nichte ging. Sofort machte sie Pläne, wie man etwas für meine Betreute tun könnte. Frühere Mitschüler ausfindig machen, eine neue Brille kaufen, Besuche organisieren und vieles mehr.

Und meine Betreute? Die war vor Freude über die Besuche ihrer Tante völlig aus dem Häuschen. Ich erhielt ein von der Tante gemachtes Foto, auf dem meine Betreute – einen großen Blumenstrauß in der Hand- über das ganze Gesicht strahlte-.

Und ich? Einerseits freue ich mich natürlich darüber, wie gut meiner Betreuten der Kontakt zur Tante tut. Andererseits mache ich mir jetzt große Vorwürfe, weil ich mich nicht schon eher um die Organisation dieses so wichtigen Kontakts gekümmert habe. Das Leben meiner Betreuten ist ein einziger Schicksalsschlag und von Schmerzen, Einschränkungen und völliger Abhängigkeit von Pflege und Versorgung durch andere gekennzeichnet. Und diese ganze Tragik wird noch durch die Isolation erschwert, da es bisher weder Verwandte, noch Freunde oder Bekannte gab, die an ihrem Leben Anteil nehmen.

Ich könnte mich jetzt damit herausreden, dass mir nur zwei Stunden an Betreuungszeit zur Verfügung stehen, die durch Schriftverkehr, Geldverwaltung, Antragstellung etc. völlig aufgebraucht werden. Und ich könnte als noch schwerwiegenderes Argument anführen, dass es überhaupt nicht meine Aufgabe ist, mich um das Herausfinden der verwandtschaftlichen Kontakte zu kümmern, da ich nur für die rechtliche Vertretung zuständig bin und der Bereich der sozialen Kontakte normalerweise in den Aufgabenbereich des Heims fällt. Weder irgendein Rechtspfleger noch irgendein Richter würde jemals auf die Idee kommen, mir einen Vorwurf zu machen. Auch Kollegen, mit denen ich über diese Angelegenheit gesprochen habe, haben mir sofort gesagt, dass ich mir nichts vorwerfen muss.

Aber all das kommt mir vor wie fadenscheiniges Herumreden um das, worum es eigentlich geht. Ich habe etwas vor mir hergeschoben, was für jemanden sehr wichtig ist und eine entscheidende Verbesserung seiner Situation darstellt. Und alle Ausreden ändern nichts daran, dass es hierfür nur eine Bezeichnung gibt: Versäumnis.

- An dieser Stelle ein herzliches Dankeschön an Frau Behrens, die mit so viel Herz, Feingefühl und Verständnis für einen notleidenden Menschen gesorgt hatte.-

Noch eine Anmerkung zu Thomas und seinem unverständlichen Verhalten:

Wenn ein Mensch krank ist, hat man im allgemeinen Verständnis für dessen Situation. Thomas war offensichtlich krank. Tessa hatte lange Zeit großes Verständnis und ihn viele Male gebeten, sich um Hilfe zu bemühen und diese anzunehmen, jedoch alles Bitten war zwecklos. Es gab auch schöne Momente und deshalb war es für Tessa besonders unverständlich, dass sich Thomas nicht helfen lassen wollte. Sein Verhalten hat die Familie zerstört. Tessa und den Kindern wurde viel schöne Lebenszeit versagt. Im Grunde war Tessa alleinerziehend und hat ihr ganzes Elend auch noch selbst finanziert. Nachdem alle drei Kinder mit Schule und Ausbildung fertig waren, entdeckte Thomas seine Kinder. Sie sind erwachsen und haben ihren festen Platz im Leben gefunden. Ist es der Fahrdienst den er im Alter braucht, nachdem er keinen Führerschein mehr hatte? Hatte er vergessen oder verdrängt, dass die Kinder den ihnen zustehenden Unterhalt einklagen mussten, weil ihm seine Ausgaben für Freizeit wichtiger waren?

Hatte er vergessen oder verdrängt, dass Tessa und die Kinder schlaflose Nächte hatten und an Geldmangel litten, während er sein Singledasein auch nachts lebte? War ihm jemals bewusst, dass Tessa unter schwierigsten Umständen ihre Arbeit behalten durfte, dank des Verständnisses ihres Arbeitgebers, denn sein Lebenswandel war bekannt. Bei Tessa hat er sich jedenfalls nicht ein einziges Mal dafür entschuldigt. Er hatte ihr nie Unterhalt bezahlt. Als Ehemann, Vater und Familienvorstand hat er total versagt. Thomas hat heute eine gute Rente und lädt die Kinder zum Essen ein. Hat er sich zwischenzeitlich Hilfe geholt oder einen Entzug gemacht? Sieht er seine Versäumnisse ein oder ist es purer Egoismus? Hat Thomas sich bei seinen Kindern entschuldigt und sie haben ihm verziehen?

Diese Fragen bleiben offen. Wichtig war es für Tessa, dies alles zu erzählen und es zu Papier zu bringen. Die Kraft und den Mut dazu hatte sie erst jetzt im fortgeschrittenen Alter. Nun ist ihre Seele von all dem Ballast befreit. Sie hat jetzt ein glückliches, zufriedenes Leben ohne Not und Angst. Weitere Details wollte Tessa nicht preisgeben.

Es gibt ein Happy End

Tessa war glücklich in ihrer neuen Wohnung mit einem schönen Balkon, Blumen und Pflanzen wie in einer kleinen Gärtnerei. Jedoch ihr fehlte das Radeln in Gesellschaft. Sie radelte allein und fand dies nach geraumer Zeit langweilig. Danach radelte mit den Senioren ihrer Stadt. Diese waren alle noch wesentlich jünger als Tessa und sie konnte nicht mithalten. Sie machte in regelmäßigen Abständen mit Freundinnen Fastenwandern und überlegte gleichzeitig, wie sie einen Radelpartner ihres Alters finden könnte und schaltete ein Inserat:

„Sie 76, gesund, fit, sportlich, humorvoll wünscht sich Partner für gemeinsame Unternehmungen. Radeln, schwimmen, reisen. Zuschrift bitte mit Bild."

Als Tessa dies ihrer Freundin Ursula, mit der sie wöchentlich zum Schwimmen ging erzählte, sagte diese: „Du traust Dich was!" Tessa erhielt, lese und staune, drei Zuschriften. Die erste Zuschrift war von Rudi mit Foto und Handynummer. Tessa rief gleich an, denn sie wollte sich zeitnah mit ihm treffen. Das Wetter war gut und sie meinte, dies sollte man zum Radfahren nützen. Rudi war überrascht, denn er hatte eine Liste mit vielen Fragen vorbereitet, stimmte aber einem kurzfristigen Treffen zu. Dies war nun eine ganz neue Situation. Es war ein strahlend schöner Sommertag und sie trafen sich in einem Kaffee. Sie saßen sich gegenüber und erste Gespräche ließen sich gut an. Es war ein ganz vorsichtiges, gegenseitiges „Abtasten"! Rudi, ein sportlicher, gepflegter Mann hatte auf Tessa sofort großen Eindruck gemacht. Sein verschmitztes Lächeln war sehr anziehend und geheimnisvoll und zudem sah er auch noch gut aus. Obwohl Tessa grundsätzlich sehr vorsichtig war, stieg sie zu Rudi ins Auto und erfuhr, dass er ein leidenschaftlicher Rennradfahrer war. Wie sollte das funktionieren? Tessa dachte, mal ganz mit der Ruhe und abwarten. Sie verabredeten ein zweites Treffen. Dies war ein Ausflug zu einem Freizeitsee mit ausgedehntem Spaziergang. Sie hatten sich viel zu erzählen. Rudi war sehr unterhaltsam und brachte Tessa oft zum Lachen. Drittes Treffen war an Tessas Geburtstag und wurde ein Ausflug in ein schönes, gepflegtes Restaurant. Bei einem gemütlichen Essen spricht es sich leicht und in ihren Blicken war eine sehr schöne Übereinstimmung wahrnehmbar. Tessa hatte sich verliebt. An diesem Tag schlug Rudi Tessa vor, sie seiner Familie vorzustellen. Ok dachte Tessa, wenn das gewünscht wird, warum nicht. Tessa war immer noch der Meinung, dass bald eine Radtour stattfinden wird. Beim vierten Treffen war Tessa klar, dass mehr aus dieser Bekanntschaft wird als radeln. Tessa hatte das Gefühl, Rudi schon lange zu kennen und traf keine weiteren Bewerber mehr.

Radler gesucht, Liebe gefunden. Geradelt wurde nicht, denn Rudi wollte seinen Arm, den er vor Jahren bei einem Radunfalll schwer verletzt hatte, nicht gefährden. Dass er auf Tessas Anzeige geschrieben hatte, war lange Zeit ihr

Gesprächsthema. Tessas E-Bike mit Hausfrauenkörble wurde in Augenschein genommen und entlockte Rudi ein Schmunzeln und es wurde spontan verkauft. Von wegen gesund, fit, sportlich, humorvoll. Tessa hatte im Januar 2018 eine Knie-OP am rechten Knie. Es war sehr beruhigend für sie, als sie nach der Narkose aufwachte und von Rudis liebevollem Lächeln begrüßt wurde. Nach und nach lernte Tessa Rudis Familie kennen. Sie wurde sehr herzlich empfangen. Rudis Kindern und auch seinen Geschwistern war es sehr wichtig, dass ihr Vater und Bruder mit Tessa glücklich ist und sie harmonisch miteinander leben. Von Tessas Kindern und Enkelkindern wurde Rudi auch herzlich aufgenommen. Endlich, nach so vielen Jahren sahen sie ihre Mutter glücklich und wünschen von ganzem Herzen, dass es bis zu ihrem Lebensende so bleibt. Durch die Coronapandemie wurden geplante und gewünschte Begegnungen leider nicht möglich, was Rudi und Tessa sehr bedauern.

Nach Tessas Knieoperation im Januar 2018 ging sie für drei Wochen in Reha und bekam mehrmals wöchentlich Besuch von ihrem Schatz. Für Juni 2018 planten sie einen gemeinsamen Urlaub nach Frankreich. Tessa ging es nicht besonders gut. Sie hatte Schmerzen im linken Knie. Nach Urlaubsende wurde gemeinsam beschlossen: Operation linkes Knie im Oktober 2018. Wieder ging Tessa für drei Wochen in Reha und Rudi besuchte sie regelmäßig. Dies war außergewöhnlich aber sehr heilsam. Sozusagen Balsam für Tessas Seele. In der Reha lernte

Tessa ganz liebevolle Menschen kennen und es bestehen heute noch, nach all den Jahren, herzliche Verbindungen. Die Reha war für Tessa erfolgreich vorbei und Rudi holte sie ab. Sie fuhren durch einen traumhaft schönen, sonnigen Herbstwald. Die bunten Blätter wiegten sich in leichtem Wind. Und? Rudi machte Tessa einen Heiratsantrag. Der lautete: „Meinst Du, wir sollten heiraten?" Rudi ist eher ein Schreiberling. Dieses Anliegen war ihm wohl sehr wichtig. Eine Liebeserklärung.

Was ist es, was zwei Seelen in Gleichklang bringt? Ist es Schicksal? Ist es Fügung? Ist es Gott? Jedenfalls ist es etwas sehr, sehr Schönes!

Tessa war kurz sprachlos. Sie hatte nie die Absicht nochmal zu heiraten, denn sie war der Meinung, eine gescheiterte Ehe wäre Erfahrung genug für den Rest des Lebens. Aber sie sagte: „warum nicht?" also ja. Plötzlich kam Spannung auf. Es mussten Papiere besorgt werden, der Trautermin war zu planen, usw. Trauzeugen wurden nicht benötigt. Rudi und Tessa waren sich einig, ganz klein und bescheiden. Nur sie zwei.

Trautermin beim Standesamt im November 2018. Tessa informierte ihre Kinder und eine gewisse Überraschung war ihrerseits nicht zu überhören. Als Tessas Sohn Felix ohne Vorankündigung mit Kamera auftauchte um Hochzeitsfotos zu machen war das sehr rührend und schön. Es fühlte sich für Tessa gut an verheiratet zu sein. Rudis Hochzeitsgeschenk war ein Goldring mit einem wunderschönen Stein, was Tessa sehr erstaunte, weil Rudi immer behauptete, er sei ein armer Rentner…

In den Jahren 2018 bis 2021 hatte Tessa mehrere Operationen. Rudi war immer liebevoll an ihrer Seite. So viel zum Inserat: Gesund, fit, sportlich, humorvoll. Heute lachen sie darüber, denn sie sind bei humorvoll angekommen. 2020 kauften sich Tessa und Rudi günstig ein gebrauchtes Wohnmobil und waren damit gern unterwegs. Das Wohnmobil war gut ausgestattet und sehr gepflegt. Dies war ein absoluter Glückstreffer. Wer noch kein Wohnmobil hatte weiß nicht, dass manche Teile im Innenraum einer Puppenstube ähnlich sind. Alles ist klein und empfindlich. Für Tessa war dies gewöhnungsbedürftig. Jedoch, wer guten Willens ist kann alles lernen. Rudi erklärte ihr alle Einzelheiten mit VIEL, VIEL Geduld. Manchmal fragte sich Tessa, warum sie sich das antut? Erst machten sie kleinere Ausfahrten und nach bestandener Eingewöhnung gingen sie auf große Tour.

Im Juli 2020 fuhren sie für vier Wochen nach Istrien. Ein Traumurlaub mit Stellplatz am Meer. Für September desselben Jahres hatten sie für vier Wochen Südfrankreich gebucht. Es war eine Ferienwohnung direkt am Meer. Sie war sehr komfortabel mit Waschmaschine und Spülmaschine ausgestattet. Nur ein Fußweg trennte sie vom menschenleeren Sandstrand. Dies war Erholung pur und sie genossen es in vollen Zügen. Dann kam Corona und die Reisefreude wurde sehr getrübt. Beide

Partner hatten Glück, dass sie im Alter nochmal die Liebe gefunden hatten. Sie sind sich darüber einig, dass ihnen dies nach den vielen Turbulenzen ihres früheren Lebens zusteht. Für Tessa ist es besonders wichtig, keine Angst mehr haben zu müssen. Von Rudi wird sie beschützt, denn er schätzt ihr wahres Wesen. Er vermittelt ihr die Ruhe und die Kraft zu Sein.

Friedrich Rückert

Eine Rose stand im Tau, es waren Perlen grau. Als Sonne sie beschienen, wurden sie zu Rubinen.

Tessa kommt sich vor wie eine Rose die lange im Tau stand und jetzt, seit sie Rudi begegnet ist, von der Sonne beschienen wird. Not und Angst sind Vergangenheit. Ihre Kinder und Enkel sind gesund und es geht ihnen gut. Dies ist zusätzliches Glück.

Schlusswort

Liebe Leser! Ich bedanke mich bei Tessa dafür, dass sie mir in vielen Sitzungen ihre Lebensgeschichte erzählt hat. Es waren Situationen und Gespräche die bei uns beiden Tränen auslösten, weil die ganzen Erinnerungen wieder präsent waren. Ich konnte sehr mit Tessa mitfühlen.

Jeder Mensch hat seine eigene Lebensgeschichte. Manche Menschen wachsen in schwierigen Situationen. Viele Menschen sind aber auch schon daran zerbrochen. Nach all ihren Erlebnissen hat Tessa Verständnis dafür, wenn Menschen in unüberschaubaren Situationen sich vom Leben verabschieden wollen. Sie selbst war auch schon in dieser Situation und nur die Verantwortung für ihre Kinder hat sie davor bewahrt.

Nachdem ich nun von Tessa so viel weiß habe ich sie auch näher kennengelernt. Ich bewundere ihren Mut, ihr sonniges Wesen und ganz besonderes die Kraft die sie hatte, um dies alles zu überstehen. Ihr war nie etwas zu viel. Sie arbeitete aushilfsweise auch als Servicekraft, als Putzfrau und beim Gärtner. Die Wünsche der Kinder waren als Heranwachsende vielfältig und sie versuchte, wenigstens einen Teil davon zu erfüllen.

Ein Spruch von Tessa lautet: „Ich habe aus all den Steinen die mir in den Weg gelegt wurden, immer wieder versucht eine Brücke zu bauen, um mit meinen Kindern überleben zu können." Diese Kraft schöpfte sie aus ihrem

Glauben, aus der Liebe zu ihren Kindern und Eltern und zu Ihrer besten Freundin. Sie betrachtet es als Fügung, dass sie positiv denkend, ihr momentanes Glück mit ihrem Mann Rudi erleben darf.

Tessa bedauert sehr, und es tut ihr heute noch weh, dass sie als junges Mädchen, gut behütet und unerfahren die falsche Partnerwahl getroffen hatte. Thomas hatte die Existenz von Tessa und ihren Kindern zerstört. Ein Familienleben in Anstand und Würde war mit ihm nicht möglich.

Wahres Glück das aus dieser Beziehung entstanden ist, sind ihre drei wunderbaren, gesunden und tüchtigen Kinder, die ihren eigenen Lebensweg gefunden haben.

Anna Pevlov